民国国学文库
MIN GUO GUO XUE WEN KU

诗经·楚辞

SHI JING · CHU CI

缪天绶　沈德鸿　选注

卢福咸　余祖坤　校订

长江出版传媒 | 崇文书局

图书在版编目(CIP)数据

诗经·楚辞/缪天绶,沈德鸿选注;卢福咸,余祖坤校订.—武汉:崇文书局,2014.8(2023.1重印)

(民国国学文库)

ISBN 978-7-5403-3435-2

Ⅰ.①诗… Ⅱ.①缪… ②沈… ③卢… ④余… Ⅲ.①古体诗—诗集—中国—春秋时代 ②古典诗歌—诗集—中国—战国时代 Ⅳ.①I222

中国版本图书馆CIP数据核字(2014)第135424号

民国国学文库 诗经 楚辞

MINGUO GUOXUE WENKU SHI JING CHU CI

出版发行:崇文书局

地　　址:武汉市雄楚大街268号C座11层

印　　刷:湖北画中画印刷有限公司

开　　本:880mm×1230mm 1/32

印　　张:7.25

版　　次:2014年8月第1版

印　　次:2023年1月第3次印刷

定　　价:39.80元

总　序

冯天瑜

作为汉字古典词，“国学”本谓周朝设于王城及诸侯国都的贵族学校，以与地方性、基层性的“乡校”“私学”相对应。隋唐以降实行科举制，朝廷设“国子监”，又称“国子学”，简称“国学”，有朝廷主持的国家学术之意。

时至近代，随着西学东渐的展开，与来自西洋的“西学”相比配，在汉字文化圈又有特指本国固有学术文化的“国学”一名出现。如江户幕府时期（1601—1867）的日本人，自18世纪起，把流行的学问归为三类：汉学（从中国传入）、兰学（从欧美传入，19世纪扩称洋学）、国学（从《古事记》《日本书纪》发展而来的日本固有学术）。19世纪末、20世纪初，中国留日学生与入日政治流亡者，以及活动于上海等地的学人，采借日本已经沿用百余年的“国学”一名，用指中国固有的学术文化。1902年梁启超（1873—1929）撰文，以“国学”与“外学”对应，强调二者的互动共济，梁氏曰：“今日欲使外学之真精神普及于祖国，则当转输之任者，必邃于国学，然后能收其效。”（《论中国学术思想变迁之大势》）1905年国粹派在上海创办《国粹学报》，公示“发明国学，保存国粹”宗旨。这里的“国学”意为“国粹之学”。该刊发表章太炎（1869—1936）、刘师培（1884—1920）、陈去病（1874—1933）等人的经学、史学、诸子学、文字训诂方面文章，以资激励汉人的民族精神与文化自信。从此，中国人开始在“中国固有学术文化”意义上使用“国学”一词，为“国故之学”的简称。所谓“国故”，指中国传统的学术文化之故实，此前清人多有用例，如魏源（1794—1857）认为，学者不应迷恋词章，学问要从“讨朝章、讨国故始”（《圣武记》卷一一），这“讨国故”的学问，也就是后来所谓之国学。

经清末民初诸学者（章太炎、梁启超、罗振玉、王国维、刘师培、黄侃、陈寅恪等）阐发和研究，国学所涉领域大定为：小学、经学、史学、诸子、文学，约与现代人文学的文、史、哲相当而又加以综汇，突现了中国固有学术整体性特征，可与现代学校的分科教学相得益彰、彼此促进，故自20世纪初叶以来，“国学”在中国于起伏跌宕间运行百年，多以偏师出现，而时下又恰逢勃兴之际。

中国学术素有“文、史、哲不分家”的传统，中国学术的优势与缺陷皆与此传统相关。百年来的中国学校教育仿效近代西方学术体制，高度分科化，利弊互见。其利是促进分科之学的发展，其弊是强为分割知识。为克服破碎大道之弊，有人主张打通文、史、哲壁垒，于是便有综汇中国人文学的“国学”之创设，并编纂教材，进于学校教育、家庭教育、社会教育，其先导性教材结集，为20世纪20年代至30年代原商务印书馆由王云五策划并担任主编的《万有文库》之子系《学生国学文库》。所收均为四部重要著作。略举大凡：经部如诗、礼、春秋，史部如史、汉、五代，子部如庄、孟、荀、韩，并皆刊入；文辞则上溯汉、魏，下迄近代，诗歌则陶、谢、李、杜，均有单本，词则多采五代、两宋。丛书凡60册，已然囊括了“国学”之精粹。其鲜明之特色是选注者掺入了对原著的体味，经史诸书选辑各篇，以表见其书、其作家之思想精神、文学技术、历史脉络者为准。其无关宏旨者，概从删削、剔抉。选注者中不乏叶圣陶、茅盾、邹韬奋、傅东华这样的学界翘楚。他们对传统国学了然于胸，于选注自然是举重若轻，驾轻就熟。这样一份业经选注者消化、反刍的国学精神食粮自然更便于国学入门者吸收。

这样一套曾在20世纪初在传播传统文化、普及国学知识方面起到重要作用的丛书即便今天来看也是历久弥新。崇文书局因应时势，邀约深谙国学之行家里手于原辑适当删减、合并、校勘，以30册300余万言，易名《民国国学文库》呈献当今学子。诸书均分段落，作标点，繁难字加注音，以便省览。诸书原均有注释，古籍异释纷如，原已采其较长者，现做适当取舍、增删。诸书较为繁难、多音多义之字，均注现代汉语拼音，以便讽诵。诸书卷首，均有选注者序，述作者生平、本书概要、参考书举要等，凡所以示读者研究门径者，不厌其详，现一仍其旧。

这样一套入门的国学读物，读者苟能熟读而较之，冥默而求之，国学之精要自然神会。

是为序。

校订说明

丛书原名《学生国学文库》，为20世纪二三十年代商务印书馆王云五主编《万有文库》之子系，为突显其时代印记现易名为《民国国学文库》，奉献给广大国学爱好者。

原丛书共60种，考虑到难易程度、四部平衡、篇幅等因素，在广泛征求专家意见基础上，现删减为34种30册，基本保留了原书的篇章结构。因应时势有极少量的删节。

原文部分，均选用通用、权威版本全文校核，参以校订者己见做了必要的校核和改订。为阅读的通顺、便利，未一一标注版本出处。

注释根据原文的结构分别采用段后注、文后注，以便读者省览。原注作了适当增删，基本上保持原文字风格，之乎者也等虚词适当剔除，增删力求通畅、易懂，避免枝蔓。典实、注引做了力所能及的查证，但因才学有限疏漏可能在所难免。

原书为繁体竖排，现转简体横排。简化按通行规则，但考虑到作为国学读物，普及小学知识亦在情理之中，故而保留了少量通假字、繁体字、异体字，一般都出注说明，或许亦可增加读者的阅读兴趣和扩大知识面。

生僻、多音字作相应注音，原反切、同音、魏妥玛注音，均统一改现代汉语拼音。

国学读物校订，工作浩繁，往往顾此失彼，多有不当处，还望读者指正。

丛书校订工作由余欣然统筹。

诗经

绪 言

解 题

《诗经》这个名称是后起的，在孔子以前只叫做《诗》，并没有《诗经》的名目。自从经过了孔子的一番鼓吹，这《诗》就变成经了！其实诗仍旧还是诗，什么经不经是不相干的！《庄子·天运篇》说："孔子尝谓老聃曰，丘治《诗》《书》《易》《礼》《乐》《春秋》六经"。可见在秦汉以前便有这个尊称了。

采诗的传说

传说周代设有采诗的官，那十五国诗都是采诗的官采集来的。据《汉书·艺文志》说："孟春之月，行人振木铎徇于路以采诗，献之太师，比其音律，以闻于天子。"这行人好像是采访员，太师好像是审查长官，而采访员出发的时候，正是初春时候。中国文化发展自北而南，那时文化的中心区域，自然是在黄河流域；那时的采集地，当然也是中国北方。《诗经》上所列的十五国：周、召、王、豳都是周王室的，在今陕西、甘肃、河南的一部（内有湖北边地的一小部）；邶、鄘、卫在今河北、河南；郑在今河南；齐在今山东；魏唐在今山西；秦在今陕西；陈桧在今河南；曹在今河北、山东。照这样看来完全是中国的北部，所以《诗经》简直可说是我们中国二千余年前北部的诗歌总集！

诗的作者

三百篇的作者，如今都已失传了。在《诗》上可以找得出来的不过两三个，《小雅·节南山》说出是家父作的，《巷伯》说出是寺人孟子作的，《嵩高》《烝民》说出是吉甫作的。再从《尚书》《左传》以及汉人的书中，也可约略找出几个来，如《鸱鸮》是周公作的（《尚书》），《载驰》是许穆夫人作的（《左传》），《常棣》或说是周公作的（《国语》），或说是召穆公作的（《左传》）。已经没有一定的断语，其余一概无从稽考，都是无名诗人的产物。这些无名诗人，据我们今日推想，大概不出这三种人：一、词臣，作乐诗的；二、贵族诗人；三、民间诗人。

诗的篇数

《诗》现在共有三百零五篇，还有六篇笙诗。这三百余篇，分《风》《雅》《颂》三种。《风》有十五，共一百六十篇：《周南》十一篇，《召南》十四篇，《邶》十九篇，《鄘》十篇，《卫》十篇，《王》十篇，《郑》二十一篇，《齐》十一篇，《魏》七篇，《唐》十二篇，《秦》十篇，《陈》十 篇，《桧》四 篇，《曹》四 篇，《豳》七 篇。《雅》有《大雅》《小雅》，共一百零五篇：《小雅》七十四篇，《大雅》三十一篇。《颂》有《周颂》三十一篇，《鲁颂》四篇，《商颂》五篇。

从公元前第八世纪到前第六世纪，只有这些诗吗？有人说："司马迁道：'古诗三千余篇，及至孔子，去其重，取可施于礼义，三百五篇。'是经孔子删过，故止有这许多。"有人又说："孔子自己说：'《诗》三百'，'诵《诗》三百'，孔子不应指自己所删的说。并且书传所引之诗，存在者多，亡佚者少，孔子所录不应十分去九。如其是删过，像孔子这样道学气的，郑卫一定要被他淘汰掉许多，何以现在所存的淫诗，都没有删，所删者是什么诗？取可施于礼义，又是何等说话？"从此断定孔子没有删过，他并且说："笙诗六篇是汉儒混入的，除了《商颂》五篇，恰是三百，孔子自己说'《诗》三百'，此是指周诗无疑。孔子只正乐——《论语》：自卫反鲁，然后乐正，《雅》《颂》各得其所——没有删《诗》。删《诗》是司马迁一人的话。"

照我想来，孔子这样喜欢古玩，又是个竭力提倡音乐的人，一定不肯动手删《诗》的。他尝说，郑声是淫的，还不肯轻易删去，别的更不必说了。不过说孔子没有删是可以的，若说《诗》只有这许多，却不见得可靠。极端派虽极力举出佚诗占很少数，但是诗有散佚，总可以断定了。《国语》："正考父较商之名《颂》十二篇于周太师，以《那》为首。"郑玄注道："自考父至孔子，又亡其七篇，是正考父以前《颂》之佚者已多。"大概时代愈远则诗愈少，时代愈近则诗愈多，成康以前的诗少，幽厉以后的诗多，就是这个道理。曹孟德平定刘表的时候，得汉雅乐郎杜夔，还能够传旧雅乐《鹿鸣》《驺虞》《伐檀》《文王》四篇。到魏明帝的时候，左延年所传只《鹿鸣》一篇了。至晋，连《鹿鸣》也绝响了。所以我说，在孔子的时候，所得的诗，恐怕只有此数吧！

诗在春秋时代的流行

《诗》在春秋时代是很流行的，政治家、外交家要用着它，教育家、学问家要用着它，一般社会的人，也都借此以发抒其心中的蓄积。那时，可以自由活用，不一定拘着原来的意思。“素以为绚兮”，在教育家拿去应用，讲到“礼后”去了。“邂逅相遇，适我愿兮”，是男女相爱恋的诗，在外交家拿去应用，作为交换感情的表示了。这是多么的有趣啊！尤其是孔老夫子，他极力鼓吹《诗》的效用，时常对学生讲《诗》。他说，《诗》在学人陶冶性情变化气质上，很有作用。又说，不学《诗》，好像朝着墙站立的样子，一步不能行；不学《诗》，不能折冲樽俎，不能办理政治。春秋算是《诗》极盛的时代了。于此有一疑问，《诗》何以能够如此普遍的流行呢？朱彝尊道：“《诗》者，掌之王朝，颁之侯服，小学大学之所讽诵，冬夏之所教。”如此说来，《诗》简直是那时国家学校里用的教科书咧！

六　义

《诗·大序》说《诗》有六义：一曰风；二曰赋；三曰比；四曰兴；五曰雅；六曰颂。孔颖达道：“风、雅、颂者，诗篇之异体。赋、比、兴者，诗文之异辞。赋、比、兴是《诗》之作用，风、雅、颂乃《诗》之成形。用彼三事，是成此三事。”风、雅、颂的解释多得很，如《诗·大序》所说：“上以风化下，下以风刺上，主文而谲谏，言之者无罪，闻之者足以戒，故曰《风》……《雅》者，正也。言王政之所由兴废也。政有小大，故有《小雅》焉，有《大雅》焉。《颂》者，美盛德之形容，以其成功告于神明者也。”他用了二十六字解释一个风字，我们横竖不明了风的意义。旋来旋去在字面上解释，不切近《诗》的本身上去体会，所以弄得牛唇不对马嘴。到了宋朝，朱熹乃说：“风、雅、颂三者，是声音上的差异，不是意义上的分别。《风》是乡乐，《雅》是朝廷之乐，《颂》是宗庙之乐。”郑樵又说：“《风》是出于土风，大概小夫贱隶妇人女子之言，其言浅近重复，故谓之《风》。《雅》是出于朝廷士大夫，其言纯厚典则，故谓之《雅》。《颂》之辞严，其声有节，以示有所尊，故谓之《颂》。”他们的解释比前虽稍稍有些进步，总是侧重着贵族的方面，诗的真正价值还是没有多大的发现。他们哪里知道小夫贱隶妇人女子的作品，才是平民文学的结晶，比起裔皇典丽的文章，还着实宝贵呢！如今看来，

《风》《雅》《颂》的界限也不见得十分严密。应该在《风》的，反在《雅》的里头，应该在《大雅》的，反在《小雅》的里头，也多得很，若不是原来的谬误，至少是后来传本的窜乱啦！

比、兴、赋的意义容易明白，比较起来兴难了解一点。所以《毛传》专注重这方面的说明，比也有几处的解释，赋是完全没有了。简言之，比是比拟的，兴是寄兴的，赋是直陈的。触景生情，感物兴怀，都是兴的性质。《困学纪闻》载李仲蒙的解释还清楚，今把它抄在下面："叙物以言情，谓之赋，情尽物也。索物以托情，谓之比，情附物也。触物以起情，谓之兴，物动情也。"

传统派与非传统派

《诗》因为讽诵在口中，不仅在竹帛上，所以没有遭秦朝的火劫。汉兴，《易》只有田何，《书》只有伏生，《诗》就有鲁之申陪，齐之辕固，韩之婴三家了。到平帝时候，毛苌之《诗》，又立学官。以后《齐诗》亡了，《鲁诗》不能过江以东，《韩诗》亦无传受的人。由是只剩《毛诗》一家。《毛诗》有序，述说《诗》中大意，谓之《诗序》。第一篇《关雎》的序文，统说全经的，叫做《大序》，其余则称《小序》。这大小序的作者，辨论不定：有说《大序》子夏作，《小序》子夏、毛公合作；有说卫宏作；有说子夏创作，毛公及卫宏润益；有说为诗人所自制；

有说《小序》为国史之旧文，《大序》为孔子作；有说《毛传》初行，尚未有序，其后门人互相传授，各记师说，争辩纷纷，迄今没有结果。这且按下不说，单说传统派与非传统派的别异。

传统派以序传为中心，信序宗毛的是传统派，反此的是非传统派。自从《毛诗》立学以后，郑玄以大经师为之作《笺》，可算是第一个宗毛的人。以后王肃说郑有背毛的地方，作《毛诗驳义》等书以难郑申毛，他虽是同郑为难，但确是一个宗毛者。再后唐孔颖达兼疏《传笺》，则又是一个宗毛的了。这几百年可算是传统派统一的时代。大家都循着故辙走，把学术思想束缚得毫无生气！到了宋朝，就不耐烦起来了，一般学者都要自由研究，不拘守汉唐注疏，不轻从古说，由是疑《诗序》，疑《毛传》，并从来所已信之六义等说也发生疑点。欧阳修是个先锋，郑樵是个后劲，程大昌可算更加激烈的分子了。到朱熹作《集传》，非传统派就取传统派的地位而代之。元明两代的诗学，都是《集传》的天下。至清考据学大兴，竞尚古义，揭汉学的旗帜，排斥宋学的空疏，遵奉《小序》，专宗毛郑。陈启源作《毛诗稽古编》，朱鹤龄作《诗经通义》，胡承珙作《毛诗后笺》，陈奂作《毛诗传疏》，都始终效劳于《序传》，则这个时代又为传统派复兴的时代了。

在诗本身上解诗

传统派和非传统派有一样通病，好像是孟老先生遗传下来的！孟先生凭空要说：“《诗》亡然后《春秋》作”，与人这个暗示，害得无数的经生都死在这句话下面。春秋家解《春秋》字字有褒贬，他们说《诗》也篇篇有美刺，传统派我们认为不是了，非传统派也不见得高明：《关雎》不过是贺新婚的诗，《诗序》偏说是“后妃之德”。《集传》也说：“文王生有圣德，又得圣女以为之配……有幽闲贞静之德。”《桃夭》不过是贺嫁女的诗，《诗序》偏说是“后妃之所致”；《集传》也说“文王之化”，迂曲极了，实在是误解得了不得！历来的学者宁可冤枉了《诗》，始终不肯违着毛或是背了朱说话。这种毒中得多么的可怕啊！我们不能再误而三误了，我们须要换掉这种老空气，清醒我们的头脑，睁开眼睛，在《诗》的本身上瞧一瞧，究竟它的本来面目是怎么样！

用《风》《雅》《颂》分别三百篇，我们在今日弄不清楚了，还不如在诗的本身上分它的类，似觉爽快些。抒写情绪的就是抒情诗，描写事物的就是描写诗，陈说道理的就是陈说诗。《卫风》的《伯兮》，《小雅》的《杕杜》，都是思妇之词，不管它是《风》是《雅》，一言以蔽之，抒情诗就是了。《豳风》的《七月》，《小雅》的《无羊》一是描写农功的，一是描写牧羊的，也不管它是《风》是《雅》，我们称它描写诗就是了。

孟子“诵诗论世”这话说得却有道理，我们从周的时候看来，那三百篇确有那时代的特征。关于抒情诗，以征夫、思妇、逐臣、弃妇、孽子的作品为最有特色。在其时接续差不多有二百年战争，强横的外夷，如玁狁、犬戎、狄，骚扰得很，宣王时，常和玁狁开仗，犬戎且杀了幽王，狄人也杀了卫懿公，那时的集兵屯边想是忙碌极了，他们终年守戍在外，心里实在有说不出来的苦痛，所以像《东山》《采薇》等，都是那时的名作。那时是“三纲说”正式成立的时期，君权、父权、夫权异常的膨胀，人臣、人子、人妇，都是以顺为正，凡是君与父与夫的不好，他们没有埋怨的，只有自己暗中悲伤，有时还要自己说自己不长进，这种柔的弱的愚的承受，在道德上如何的批判，在情感上有何等的价值，我们姑且不论，可是在作品上留下了深刻的痕迹，令人在心弦上生出颤动来，而且时常留恋着，确有一种不可磨灭的势力，所以像《谷风》《氓》《白华》《巷伯》《柏舟》《小弁》《凯风》都是那时代作品的特色。周时很重农，很讲究射艺，很有武功，很敬祖宗祭祀最繁，它的历史很长久，从后稷到武王，差不多六七百年，所传下来的神话和事迹也不少。所以战事诗、田功诗、祭祀诗、颂祖德的诗，都是那时描写诗的内容。到春秋时候，风俗坏极了，伦常乖舛得实在不像样子，禁不住诗人的感慨，言论又不能自由，于是隐隐约约地写出来，便成讽刺诗一派。三百篇不能说都是为讽刺而作的，但讽刺诗确是那时代的产品。至于陈说诗在《诗经》中占很少数。因为抒情诗是诗的王国，描写诗还是附庸，陈说诗更不用说了。

单用比、兴、赋去分析诗的用词，不能容纳得了的。伟大的诗人，他把比、兴、赋运用得极其纯熟，毫无痕迹，使我们不能分出它是比是兴还是赋，勉强把这三个字归纳起来，又如何笼罩得住呢！如《大东》篇下三章："或以其酒，不以其浆；鞙鞙佩璲，不以其长。维天有汉，监亦有光；跂彼织女，终日七襄，虽则七襄，不成报章；睆彼牵牛，不以服箱；东有启明，西有长庚，有捄天毕，载施之行。维南有箕，不可以簸扬；维北有斗，不可以挹酒浆。维南有箕，载翕其舌；维北有斗，西柄之揭。"他只不堪时君的征役，弄得杼柚其空，无可告诉，他的热情愈奔放了，他的空想于是也离奇了，他忽然扭住天空界痛快的发挥一番。他的语言，十分的无伦次，他的神经，已臻于错乱，他的文字，反而异常飞舞，我们此时不能拘真的和他说比说兴，他只是一个浪漫的诗人，一往情深，运用他离奇的空想，发泄他奔放的热情。同样，如《巷伯》"彼谮人者，谁适与谋？取彼谮人，投畀豺虎；豺虎不食，投畀有北；有北不受，投畀有昊"。他恨这谮人已极了，却无力处置这谮人，满望着取这谮人杀而甘心之。那谮人的罪恶已是滔天了，弄得豺虎不食了，有北不受了，那谮人是如何一个人呢？传注家在下面注道："此是赋也。"何等的枯燥无味呵！

诗人 Bliss Perry 说："诗的将来固是无限量的，诗的过去也未尝不可无限量。"这句话真不差呀！伟大的诗人，他的作品，也许是浪漫的，也许是象征的，他不受批评的预示，他只是自己努力，他积储的丰富，含蓄的繁复，惹我们注意，使我们称许，伟大的诗人！永久的诗人！

附　言

我们治《诗》训诂的时候，"假借"这观念不可不预先存着，因为流行的诗本子，多是毛的，毛用古文，所以多假借。

以现代的人，咏古代的诗，在音韵上一定难和谐，所以应该知道《诗》的古音。顾炎武给我们读诗的时候，对于古音两个观念，我们不可不记得：一、古人四声一贯；二、古人韵缓。

读《诗》的参考：关于训诂上的，看陈奂《毛诗传疏》、马瑞辰《毛诗传笺通释》，《通释》最好。关于诗旨上的，崔述《读风偶识》、方玉润《诗经原始》可以备查；近人如顾颉刚《诗经的劫运与幸运》等，很能做初读诗的指导。关于《诗经》旧传说的问题研究，可看谢无量《诗经研究》。关于音韵的，可查顾炎武《诗本音》、孔广森《诗声分例》、戚学标《毛诗证读》。

缪天绶

1925 年 6 月 15 日

例　言

此本诗篇的选择，务取其时的代表文字，和在文艺上有价值的为标准。

关于意义难明了的地方，注中特为申说，而诗旨亦约略表明之，以便初学。然读者可自由解会，毋为所域也。

诗中协韵处，参考顾炎武《诗本音》和戚学标《毛诗证读》注出古音，以便读时的和谐。

凡诗中关于古器物有可稽考者，都用图样表明，以助诠释之不及。

目　录

抒情诗（上）

静女（邶风）…… 19
月出（陈风）…… 20
伯兮（卫风）…… 20
君子于役（王风）…… 21
杕杜（小雅）…… 22
东山（豳风）…… 23
采薇（小雅）…… 25
谷风（邶风）…… 27
氓（卫风）…… 29
白华（小雅）…… 31
巷伯（小雅）…… 33
柏舟（邶风）…… 35
鸱鸮（豳风）…… 36
大东（小雅）…… 37
正月（小雅）…… 41
园有桃（魏风）…… 45
黍离（王风）…… 45
十亩之间（魏风）…… 46
衡门（陈风）…… 46

无衣(秦风)…… 47
小弁(小雅)…… 48
凯风(邶风)…… 51
陟岵(魏风)…… 52
蓼莪(小雅)…… 53
匪风(桧风)…… 54
采葛(王风)…… 55
风雨(郑风)…… 56
白驹(小雅)…… 56
兼葭(秦风)…… 57
缁衣(郑风)…… 58
木瓜(卫风)…… 59
燕燕(邶风)…… 60
烝民(大雅)…… 61
黄鸟(秦风)…… 63

抒情诗(下)

关雎(周南)…… 65
桃夭(周南)…… 66
螽斯(周南)…… 66
良耜(周颂)…… 67
斯干(小雅)…… 68
振鹭(周颂)…… 71

有客（周颂） …… 71
湛露（小雅） …… 72
鹿鸣（小雅） …… 73
伐木（小雅） …… 74
鱼丽（小雅） …… 75
思文（周颂） …… 76

描写诗

溱洧（郑风） …… 77
女曰鸡鸣（郑风） …… 78
硕人（卫风） …… 79
猗嗟（齐风） …… 80
大叔于田（郑风） …… 81
淇奥（卫风） …… 83
七月（豳风） …… 84
无羊（小雅） …… 88
大田（小雅） …… 90
楚茨（小雅） …… 91
常武（大雅） …… 95
韩奕（大雅） …… 97
生民（大雅） …… 100
公刘（大雅） …… 103

讽刺诗

鹤鸣(小雅)……107
山有枢(唐风)……107
敝笱(齐风)……108
新台(邶风)……109

陈说诗

常棣(小雅)……111
宾之初筵(小雅)……113
抑(大雅)……115

抒情诗(上)

静　女[1]

静女其姝[2]，俟我于城隅。爱而不见，搔首踟蹰[3]。

---

①此为邶地男子思恋女子的诗。　②其：那样的。姝（shū）：美好。　③踟蹰：犹徘徊。

静女其娈[1]，贻我彤管[2]。彤管有炜[3]，说怿女美[4]。

---

①娈：美好儿。　②贻：赠予。彤管：笔赤管也。③有：状物之词。炜（wěi）：赤貌。　④说：同“悦”。怿：喜悦。

自牧归荑[1]，洵[2]美且异。匪女之为美[3]，美人之贻。

---

①牧：郊外。归：赠予。荑（tí）：茅之始生者。　②洵：贞信也。　③匪：非的意思。女：同“汝”。

月 出[①]

月出皎兮[②]，佼人僚兮[③]。舒窈纠兮[④]，劳心悄兮[⑤]。

①男子思念女子之诗。 ②皎（jiǎo）：月光明亮。 ③佼：与“姣”同，美好之意。僚（liáo）：好貌。 ④舒：迟缓。窈纠：舒之状貌。纠：侈，读若娇。此诗每章第三句皆有舒字，又皆以叠韵形容舒展之状貌。 ⑤悄：忧也。

月出皓兮[①]，佼人懰兮[②]。舒忧受兮[③]，劳心慅兮[④]。

①皓：光亮，一作“晧”。 ②懰（liǔ）：美好的样子。 ③忧（yǒu）：忧受，舒迟之貌。 ④慅（cǎo）：忧的意思。

月出照兮，佼人燎兮[①]。舒夭绍兮[②]，劳心惨兮[③]。

①燎：当为嫽，好也。 ②夭绍：即要绍，姿容美丽的意思。 ③惨（cǎn）：忧愁不安。

伯 兮[①]

伯兮朅兮[②]，邦之桀兮[③]。伯也执殳[④]，为王前驱。

①卫地妇人思夫之词，寄托对远方丈夫的思念。 ②伯：称其夫。朅（qiè）：武壮貌。 ③桀：通“杰”。 ④殳（shū）：

兵器，长丈二尺而无刃。

殳

自伯之东，首如飞蓬[①]。岂无膏沐[②]，谁适[③]为容！

①蓬：蒿属，其花如柳絮，风飞散乱。　②膏：用以润发的胶脂。沐：即以米汁沐头。　③适：主的意思，读如的。

其雨其雨[①]，杲杲[②]出日。愿言[③]思伯，甘心首疾。

①其：犹将也。　②杲杲：日色明也。　③言：语词。

焉得谖草[①]，言树之背[②]。愿言思伯，使我心痗[③]。

①谖（xuān）草：即忘忧草。谖，也作“萱”。　②背：北堂，堂面向南，堂背向北，故背为北堂。　③痗（mèi）：病了。

君子于役[①]

君子于役，不知其期。曷至哉？鸡栖于埘[②]，日之夕矣，羊牛下来。君子于役，如之何勿思？

①妇人思念丈夫远役之词。　②埘（shí）：在墙壁下挖坑作成的鸡窝。门在墙壁外、室内上铺木板。

君子于役，不日不月，曷其有佸[①]？鸡栖于桀[②]，日之夕矣，羊牛下括[③]。君子于役，苟无饥渴？

①其：语助词。佸（nuó）：相会。 ②桀：鸡栖的小木桩。 ③括：至也。

杕杜[①]

有杕之杜[②]，有睆其实[③]。王事靡盬[④]，继嗣我日。日月阳止[⑤]，女心伤止，征夫遑止[⑥]！

①此思妇之词。 ②有：状物词。杕（dì）：特立貌。树木挺立的样子。杜：赤棠，一种果木。 ③睆（huǎn）：浑圆貌。 ④靡盬（gǔ）：无暇也。盬：停止。 ⑤阳：十月。止：语助词。 ⑥遑：暇也。

有杕之杜，其叶萋萋[①]。王事靡盬，我心伤悲。卉[②]木萋止，女心悲止，征夫归止！

①其叶萋萋：表示春将暮之时。萋萋：盛貌。 ②卉：百草总名。

陟[①]彼北山，言采其杞[②]。王事靡盬，忧我父母[③]。檀车幝幝[④]，四牡[⑤]痯痯[⑥]，征夫不远！

①陟：登上。　②杞（qǐ）：非平常的菜。　③母：古读如米。　④檀车：檀木所为车，檀质坚，故宜车材。幝幝（chǎn）：敝貌。　⑤四牡：谓车前驾的马。　⑥痯痯（guǎn）：疲。

匪载匪来[①]，忧心孔疚[②]。期逝[③]不至，而多为恤[④]。卜筮偕止[⑤]，会言近止[⑥]，征夫迩止！

①匪载匪来：言征夫不装载而归来。来：古读如釐。　②孔：大。疚：病，古读如几。　③逝：往。　④而：犹"乃"也。为：犹"用"也。恤：忧。　⑤卜用龟，筮用蓍草。偕：同。谓卜与筮并作。　⑥会：合。近：古读如记。

东　山[①]

我徂[②]东山，慆慆不归[③]。我来自东，零雨其濛[④]。我东曰归，我心西悲[⑤]。制彼裳衣[⑥]，勿士行枚[⑦]。蜎蜎者蠋[⑧]，烝在桑野[⑨]。敦彼独宿[⑩]，亦在车下[⑪]。

①写征士还归之诗。　②徂：往。慆慆：久。读如滔滔。③归：顾梦鳞曰："首章归字，隔二句与下归悲衣枚协。次章以下，则因首章而以独韵起调。古乐府及唐宋人诗余长调，亦有独韵起者。"　④零：落。濛：下雨貌。　⑤季本曰："大抵思家之情，在久居之处，犹或可忍，归心已动而未至，则其情尤切，故东归矣，而复言西悲也。"　⑥制彼裳衣：将归制新

衣。 ⑦士：读为事。行枚：军旅之事。郑康成曰："行，阵也。枚如箸，衔以止语也。"此言将归。 ⑧蜎蜎：动貌，读如涓涓。蠋：桑虫，即蚕，转音如主。 ⑨烝：发语词。野：古读如墅。 ⑩敦（duì）：独处不移之貌。 ⑪下：古读如户。此言归途。

我徂东山，慆慆不归。我来自东，零雨其濛。果臝之实①，亦施于宇②。伊威③在室，蠨蛸④在户。町畽鹿场⑤，熠燿宵行⑥。不可畏也，伊可怀也⑦！

---

①果臝：一种蔓草，叶掌状，夏开白花，实黄。臝：读如鲁。 ②施：延，音异。宇：檐下。 ③伊威：一名委黍，又名鼠妇，多生于壁根下或瓮底的土中。体青灰色，形扁，长三四分。 ④蠨蛸（xiāo shāo）：小蜘蛛，俗呼喜子。 ⑤町畽（tīng tuǎn）：鹿迹。《说文》："田践处曰町。畽，禽兽所践处也。" ⑥熠燿（yì yào）：磷光。行：读如杭。 ⑦伊：是。此为途中想像。严粲曰："室庐将近，则家事织悉，一一上心，此人之情也。"

我徂东山，慆慆不归。我来自东，零雨其濛。鹳鸣于垤①，妇叹于室②。洒扫穹窒③，我征聿④至。有敦瓜苦⑤，烝在栗薪⑥。自我不见，于今三年⑦！

---

①鹳（guàn）：似鹤而顶不丹。垤（dié）：小丘。鹳好水，将雨则喜而鸣于垤。 ②朱公迁曰："行者遇雨沾体涂足，室

家思念，与此为甚。”　③穹窒：鼠穴。穹：穷；窒：塞。鼠穴当随时填塞，因称鼠穴为穹窒。　④聿：承明上文之词。⑤有：状物之词。敦（tuán）：此处通“团”。言瓜生于蔓，团团然也，即丛聚貌。　⑥栗薪：栗木之薪。　⑦此言已归。

我徂东山，慆慆不归。我来自东，零雨其濛。仓庚于飞[①]，熠燿其羽。之子[②]于归，皇驳其马[③]。亲结其缡[④]，九十其仪[⑤]。其新孔嘉，其旧如之何？

---

①仓庚：即莺。于：聿。于、聿一声之转。郑康成曰：“仓庚仲春而鸣，嫁取之候也。”　②之子：指新妇。　③黄白曰皇，骍白曰驳。骍，赤色。马：古读如姥。　④缡：巨巾，田家妇女至田野，用以覆头，故亦名巾，女子嫁时，用绛巾覆头，母亲结之。缡：古读如罗。　⑤九十其仪：言其仪之多。仪：古读如俄。此言归后。

采　薇[①]

采薇[②]采薇，薇亦作止[③]。曰归曰归，岁亦莫止[④]。靡室靡家[⑤]，玁狁之故[⑥]。不遑启居[⑦]，玁狁之故。

---

①戍役还归之词。　②薇：一种山菜。　③作：生出土也。　④莫：同“暮”。　⑤靡：无。家：古读如姑。　⑥玁狁（xian yǔn）：即秦汉时之匈奴，领有我国内蒙古自治区及蒙古共和国等地。此言出戍。　⑦遑：暇也。启：跪也。居：坐

也。古者席地，起身为跪，安坐为居。

采薇采薇，薇亦柔止[1]。曰归曰归，心亦忧止。忧心烈烈[2]，载[3]饥载渴。我戍未定[4]，靡使归聘[5]。

①始生而柔嫩。 ②烈烈：忧貌。 ③载：犹“则”也。④定：停止。 ⑤聘：询问，问室家之安否。

采薇采薇，薇亦刚止[1]。曰归曰归，岁亦阳止[2]。王事靡盬，不遑启处。忧心孔疚，我行不来。

①刚：既成而刚。 ②阳：十月。今以十月为小阳春。

彼尔维何[1]？维常之华[2]。彼路斯何[3]？君子[4]之车。戎车既驾，四牡业业[5]。岂敢定居，一月三捷[6]。

①尔：亦作“苶”，华盛貌。 ②常：常棣也，子如樱桃可食。华：古读如敷。 ③路：戎车。斯：犹“维”也。 ④君子：谓将帅。⑤业业：壮。 ⑥此言在戍。

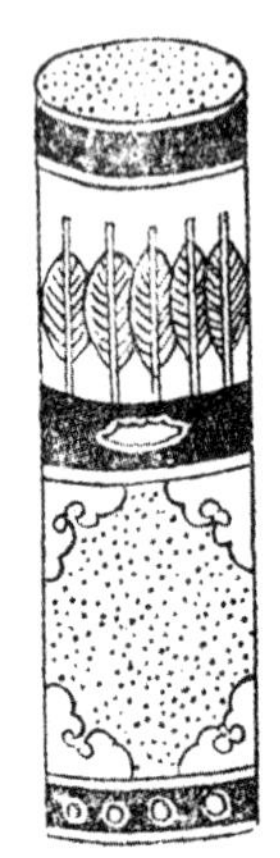
鱼服

驾彼四牡[1]，四牡骙骙[2]。君子所依[3]，小人所腓[4]。四牡翼翼[5]，象弭鱼服[6]。岂不日戒[7]，猃狁孔棘[8]。

①四牡：拉车之四马。　②骙骙（kuí）：强壮。　③依：依以为乘也。　④腓（féi）：一说当作“芘”。芘，同“庇”。⑤翼翼：壮健貌。　⑥弭：弓末也。象弭：谓以象骨装饰弓之两头。鱼服：谓以鱼皮所制之矢服。鱼：兽名，似猪，其皮背上斑纹，腹下纯青。　⑦戒：古读如亟。　⑧棘：急也。

昔我往矣，杨柳依依[①]。今我来思[②]，雨雪霏霏[③]。行道迟迟，载渴载饥[④]。我心伤悲，莫知我哀！

①依依：柔软绵绵的样子。　②思：语气词。　③霏霏：甚貌。四句写物态，慰人情。　④此言戍役还归。

谷　风[①]

习习谷风[②]，以阴以雨。黾勉[③]同心，不宜有怒。采葑采菲[④]，无以下体[⑤]。德音莫违[⑥]，及尔同死[⑦]。

①邶地弃妇词。　②习习：连续不绝。谷风：来自山谷的风。此喻其夫之暴怒不停息。　③黾勉：勉强。　④葑：蔬类植物，即芜菁。菲：菜名，似蒿。　⑤下体：根部。⑥德音：美誉。莫：无。　⑦及：同“与”。尔：称其夫。

行道迟迟，中心有违[①]。不远伊[②]迩，薄送我畿[③]。谁谓荼苦[④]？其甘如荠[⑤]。宴[⑥]尔新昏，如兄如弟。

①违：忧。②伊：犹“维”。③薄：发声也。畿（jí）：门槛。此叙见弃。④荼（tú）：苦菜，蓼属。⑤荠（jì）：荠菜。⑥宴：乐。

泾以渭浊①，湜湜其沚②。宴尔新昏，不我屑以③。毋逝我梁④，毋发我笱⑤。我躬不阅⑥，遑恤我后⑦。就其深矣，方之⑧舟之；就其浅矣，泳之游之⑨。何有何亡⑩？黾勉求之。凡民⑪有丧，匍匐救之⑫。

①泾、渭：二水名，泾清渭浊。②湜湜（zhí）：水清貌。小渚为“沚”。③屑：清洁、洁好。以：犹“与”也。④梁：鱼梁，设于溪河流水中的渔具。⑤发：乱。笱（gǒu）：竹器，承梁以取鱼者。⑥阅：容。⑦恤：忧。后：古读如户。⑧方：并两船。⑨泳：潜行。游：浮水。⑩亡：古“无”字。⑪凡民：指亲戚邻里。⑫匍匐：手足并行，急忙之状。数语自道勤劳。

不我能慉①，反以我为雠。既阻②我德，贾用不售③。昔育恐育鞫④，及尔颠覆⑤。既生既育，比予于毒。

①慉：扶持。②阻：拒却。③居货待售曰“贾”，读如估。售：卖出去。此怨词。④育恐：谓生于恐惧之中。育鞫：谓生于困穷之际。⑤颠覆：谓贫穷。

我有旨蓄[①]，亦以御[②]冬。宴尔新昏，以我御穷。有洸有溃[③]，既诒我肄[④]。不念昔者，伊余来塈[⑤]。

---

①蓄：积藏的菜蔬，如干菜，咸菜，泡菜之类。 ②御：抵挡。 ③洸（guāng）：武貌。溃（huì）：怒色。 ④诒：犹“贻”。肄：劳苦。 ⑤来：词之“是”也。塈（jì）：涂抹屋顶。又，读xì，休息，喘息。“㤅”的假借字，古“爱”字。

氓[①]

氓之蚩蚩[②]，抱布贸丝[③]。匪来贸丝，来即我谋[④]。送子涉淇[⑤]，至于顿丘[⑥]。匪我愆[⑦]期，子无良媒。将[⑧]子无怒，秋以为期。

---

①此为卫地女子先与人相恋私奔，后被遗弃之词。 ②氓：民，犹言某甲。蚩蚩：无知貌。 ③布：币，古时谓钱为泉布。贸：买。 ④即：就。我：妇自称。谋：古读如媒，议婚。 ⑤子：男子的称呼。淇：水名，卫河支流。在河南淇县。 ⑥顿丘：地名，在今河南浚县。丘：古读如区。 ⑦愆：失误。 ⑧将：请。

乘彼垝垣[①]，以望复关[②]。不见复关，泣涕涟涟[③]。既见复关，载笑载言。尔[④]卜尔筮，体无咎言[⑤]。以尔车来，以我贿[⑥]迁。

①乘：登上。垝（guǐ）：坏。 ②复关：男子所居之地。③涟涟：垂涕貌。 ④尔：指男子。 ⑤体：卦兆。咎：凶。 ⑥贿：女子体已之钱物。

桑之未落，其叶沃若[①]。于[②]嗟鸠兮，无食桑葚[③]；于嗟女兮，无与士耽[④]。士之耽兮，犹可说也；女之耽兮，不可说也！

①沃若：光润貌。 ②于：古“吁”字。 ③桑葚：桑实。鸠食葚多则醉。 ④耽：相乐。此词怨甚。

桑之落矣，其黄而陨。自我徂尔，三岁食贫。淇水汤汤[①]，渐车帷裳[②]。女也不爽[③]，士贰其行。士也罔极[④]，二三其德。

①汤汤（shánɡ）：水盛貌。 ②渐（jiān）：渍湿地。帷裳：以帷障车之傍如裳。 ③爽：差。 ④罔极：无定。此为责言。

三岁为妇，靡[①]室劳矣。夙兴[②]夜寐，靡有朝矣。言既遂矣[③]，至于暴矣。兄弟不知，咥其笑矣[④]。静言思之，躬自悼矣！

①靡：无。 ②夙兴：早起。 ③言：语助词。遂：谓

既得之意。　④咥（xì）：笑貌。其：状词。此言有愧意。

及尔偕老，老使我怨。淇则有岸，隰则有泮[①]！总角[②]之宴，言笑晏晏[③]。信誓旦旦[④]，不思其反[⑤]。反是不思，亦已焉哉[⑥]！

①隰（xí）：下湿之地。泮（pàn）：涯岸。　②总角：古时将儿童头发分成两支束起，形如两角。　③晏晏：和柔。④旦旦：犹“怛怛”，诚恳。　⑤反：谓事之反面，大凡人之处事，须当思其反。词有悔意。　⑥哉：古读如资。诗历叙劳苦自怨自艾，如泣如诉，情至之文。

白　华[①]

白华菅兮[②]，白茅束兮[③]。之子[④]之远，俾[⑤]我独兮。

①《毛诗》云：“白华，周人刺幽后也。幽王取申女以为后，又得褒姒而黜申后。古下周化之，以妾为妻，以孽代宗，而王弗能治，国人为之作是诗也。”　②华：古“花”字。菅（jiān）：茅属，其花白。　③以菅茅之洁白自况。　④之子：指王。⑤俾：使。

英英[①]白云，露彼菅茅[②]。天步艰难，之子不犹[③]。

①英英：轻明貌。　②以英英白云起兴，谓不能如菅茅之

见露于白云。 ③不犹：不同，不同白云之露菅茅。

滮池[1]北流，浸彼稻田。啸歌伤怀，念彼硕人[2]。

①滮（biāo）池：水名，在陕西西安西。此再以滮池起兴。②硕人：尊大之称，指王。

樵[1]彼桑薪，卬烘于煁[2]。维彼硕人，实劳我心。

①樵：砍柴。 ②卬（áng）：我。煁（chēn）：古时可以移动的火炉。此言己不见爱于王，犹桑薪之徒采而不用也。

鼓钟于宫，声闻[1]于外。念子懆懆[2]，视我迈迈[3]。

①闻：去声。 ②懆懆（cǎo）：忧愁不安。 ③迈迈：不顾。此言王心已弃我，故视我迈迈，犹鼓钟于宫，必声闻于外。

有鹙[1]在梁，有鹤在林[2]。维彼硕人，实劳我心。

①鹙（qiū）：水鸟，似鹤，好啖蛇，性极贪恶。 ②以鹙比褒姒，以鹤自比，不解王何以不爱己。

鸳鸯[1]在梁，戢[2]其左翼。之子无良，二三其德。

①鸳鸯：体小于鸭，雄曰鸳，雌曰鸯，常偶居不离，故以喻

夫妇之和。此以鸳鸯在梁兴怀自悲。　②戢：敛。

有扁①斯石，履之卑兮②。之子之远，俾我疧③兮。

①扁（biǎn）：卑貌。　②以王嬖贱妾，比人履卑石。③疧（zhí）：病。

巷　伯①

萋兮斐兮②，成是贝锦③。彼谮人者，亦已大甚④。

①幽王之时，孟子遭谗，被官刑为寺人，因作此诗。②萋：文章相错也。斐：文章貌。二字双声为训。　③贝锦：锦文如水中贝壳也。此喻谗人集作已过以成于罪，犹女工之集采色以成锦文。　④谮（zēn）：说坏话诬陷人。大甚：谓使之得重罪也。

哆兮侈兮①，成是南箕②。彼谮人者，谁适与谋③？

①哆（chǐ）：张口。哆侈连文。　②南箕：即箕星，箕四星，二为踵，二为舌，踵狭而舌广，可参阅《大东》图。天文，箕主口舌，以喻谗者。　③适（dì）：犹言主见也。谋：古读如媒。

缉缉翩翩①，谋欲谮人。慎尔言也，谓尔不信②。

①缉缉：口舌声。翩翩：往来貌。 ②谓听者有时而悟，将不信尔言矣。

捷捷幡幡[①]，谋欲谮言。岂不尔受，既其女迁[②]！

①捷捷：犹缉缉也。幡幡：犹翩翩也。 ②女迁：谓祸亦将迁及于汝。

骄人好好[①]，劳人草草[②]。苍天苍天！视彼骄人，矜[③]此劳人！

①骄人：指谮人也。好好：喜也。 ②劳人：受谮之人也。草草：劳心也。 ③矜：怜也。

彼谮人者，谁适与谋[①]？取彼谮人，投畀豺虎！豺虎不食，投畀有北[②]！有北不受，投畀有昊[③]！

①谋：不入韵。 ②有北：北方寒冷不毛之地也。③昊：昊天也。皆深恶痛绝之语。

杨园[①]之道，猗[②]于亩丘[③]。寺人孟子，作为此诗。凡百君子，敬而听之！

①杨园：园名。 ②猗：当作“倚”。 ③亩丘：丘名。丘：古读如区。杨园亩丘，地必相连，亩丘喻自己，杨园喻谗人。

柏　舟[①]

泛彼柏舟[②]，亦泛其流。耿耿[③]不寐，如有隐[④]忧。微[⑤]我无酒，以敖[⑥]以游。

---

①此诗写邶贤臣忧谗悯乱，而莫能自远之心情。　②柏舟：以喻国也。　③耿耿：不安也。　④隐：痛也。　⑤微："非"之假借。　⑥敖：通"遨"，亦游也。

我心匪鉴，不可以茹[①]。亦有兄弟[②]，不可以据[③]。薄言往愬[④]，逢彼之怒。

---

①茹：容纳，谓鉴之照物，不择妍媸，皆纳其景。鉴：镜子。　②兄弟：同姓臣也。　③据：依。　④薄言：语词。愬：与"诉"同。

我心匪石，不可转也。我心匪席，不可卷也。威仪棣棣[①]，不可选[②]也。

---

①棣棣：闲习貌。　②选：古与"算"字通用。

忧心悄悄[①]，愠[②]于群小。觏闵既多[③]，受侮不少。静言[④]思之，寤辟有摽[⑤]。

---

①悄悄（qiǎo）：忧貌。　②愠：怒也。　③觏：见

也。闵：病也。 ④言：语助词。 ⑤寤：寐觉也。辟：“擗”之假借。手抚心也。摽：拍打。

日居月诸[1]，胡迭而微[2]。心之忧矣，如匪浣衣[3]。静言思之，不能奋飞。

①居、诸：语词也。 ②迭：更也。微：不明也。喻君臣皆昏而不明之意也。 ③此喻心忧之状，谓忧之不去于心，如衣之没有浣洗。

鸱 鸮[1]

鸱鸮鸱鸮[2]，既取我子[3]，无毁我室！恩斯勤斯[4]，鬻子之闵斯[5]。

①此周公所作也，大抵其时管蔡从武庚叛，王室颠危，骨肉相残，周公乃作此以自伤，并遗王焉。 ②鸱鸮：即猫头鹰，古人认为是恶鸟。全诗皆托鸟言以自兴，此鸱鸮指武庚。 ③取我子：指管蔡与之为乱。 ④斯：语气词。 ⑤鬻：抚养也。闵：病。

迨[1]天之未阴雨，彻彼桑土[2]，绸缪牖户[3]。今女下民[4]，或[5]敢侮予！

①迨：及。 ②彻：取也，“撤”之假借。桑土：桑根。

土："杜"之假借。杜：根。　③绸缪（móu）：原意缠绵，细扎，引申为修理。牖：穿壁处。　④下民：巢下之人。⑤或：犹"有"。

予手拮据①，予所捋荼②，予所蓄租③，予口卒瘏④，曰予未有室家⑤。

①予：假鸟自称也。拮据（jié jū）：手足因劳累而发僵。②捋：取也。荼：茅草开的小白花。　③蓄：当作"畜"，起也。租：本又作"祖"。祖：为也。"租"实"祖"之讹。④卒：尽也。瘏（tú）：病也。　⑤曰：为也。家：古读如姑。

予羽谯谯①，予尾翛翛②，予室翘翘③。风雨所漂摇，予维音哓哓④。

①谯谯（qiáo）：羽毛枯黄貌。　②翛翛（xiāo）：羽毛凋敝貌。他本多作"修修"，盖《毛诗》本用合韵，浅人改为消，又或改为翛也。　③翘翘（qiào）：危也。　④予维：依《毛诗》例，当作"维予"。维，发声也。哓哓（xiāo）：恐惧的叫声。

大　东①

有饛簋飧②，有捄棘匕③。周道如砥④，其直如矢。君子所履，小人所视。睠⑤言顾之，潸焉出涕⑥。

周蒙簋

①东国困于役而伤于财，谭大夫作此以告病。 ②饛（méng）：盛器满貌。簋（guī）：古祭祀燕享，以盛黍稷之器。飧（sūn）：熟食也。 ③捄：长貌。匕：食器，状如今之羹匙。棘匕：以棘木所为之匕。此喻古者主人致客之礼。 ④砥（dǐ）：砺石也，此言平也。 ⑤睠（juàn）：反顾也。 ⑥潸（shān）：涕出貌。焉：犹然也。

小东大东①，杼柚②其空。纠纠③葛屦，可以履霜。佻佻④公子，行彼周行⑤。既往既来，使我心疚！

①小、大：言赋敛之多少也。小亦于东，大亦于东，言其政偏。 ②柚：与"轴"同。织具。杼持纬，柚受经。 ③纠纠：屦稀疏貌。 ④佻佻（tiáo）：弱不胜劳貌。 ⑤行：古读如杭，犹道也。

有冽氿泉①，无浸②穫薪。契契③寤叹，哀我惮人④。薪是穫薪⑤，尚可载也。哀我惮人，亦⑥可息也。

①冽：寒也。氿（guǐ）泉：从侧面喷出的泉。 ②无浸：浸也。无：发声助词。 ③契契：忧苦。 ④惮人：劳人。 ⑤薪：疑"浸"字之误。穫薪：砍下的柴薪。 ⑥亦：当作"不"。

东人之子，职劳不来[①]。西人[②]之子，粲粲衣服[③]。舟人[④]之子，熊罴是裘[⑤]。私人之子，百僚是试[⑥]。

①来：古“敕”字，慰抚。　②周在西，古以周人为西人。　③粲粲：鲜盛貌。服，古读如匐。　④“舟人”与下“私人”，即于西人之中，特举其卑贱者，以见官之师旅，不胜其富耳。　⑤裘：古读如期。或疑熊罴不可为裘。《庄子》：丰狐文豹，盖皆裘之为用，不必以后世无熊罴之裘为疑。⑥自此章以下，不言政偏，则言众官废职。

或以其酒，不以其浆。鞙鞙佩璲，不以其长[①]。维天有汉[②]，监亦有光。跂彼织女[③]，终日七襄[④]。

①“或以其酒”四句，言西人有其名而无其实也，有其位而无其德也。其名固酒也，而实则不能如浆也，其位固鞙然佩璲也，而实则不称其服也，旧说都牵强。鞙鞙（juān）：长貌。璲（suì）：玉也。　②汉：天河。　③跂：应从《说文》作“歧”。“歧”与“觭”音义皆同，读如岐，不正也。盖织女三星成三角。织女：星名。　④襄：更也。七襄：从旦至暮七更其次也。

虽则七襄，不成报章[①]。睆彼牵牛[②]，不以服箱[③]。东有启明[④]，西有长庚[⑤]。有捄天毕[⑥]，载施之行[⑦]。

①织之用纬，一来一去，是报反成章，织女有西无东，不见倒反，是无成也。 ②睆（wǎn）：明亮貌。牵牛：星名。 ③此句与下文“不可以簸扬”“不可以挹酒浆”句法一例。“不”字下脱“可”字。服：驾。箱：车箱。 ④明：古读如盲。

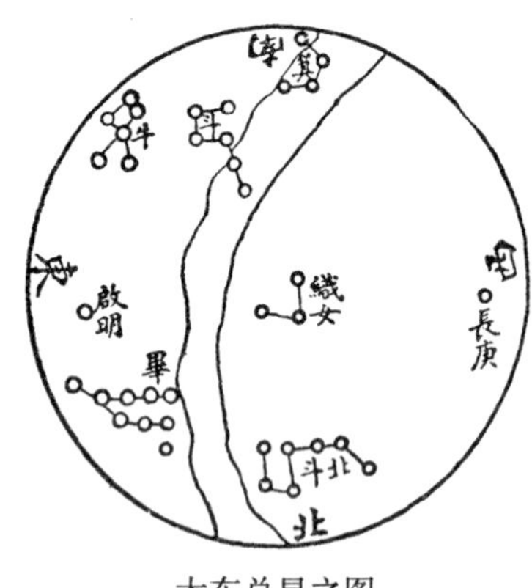

大东总星之图

⑤庚：古读如冈。启明、长庚，皆金星。以其朝在东，先日而出，故谓之启明。启，开也，开日之明也。以其夕在西，后日而入，故谓之长庚。庚，继也，继日而长明也。 ⑥毕：星名，像田猎之毕网。 ⑦行：列也。谓启明、长庚天亮后皆无实用，但施之行列而已。

维南有箕①，不可以簸扬②。维北有斗，不可以挹酒浆。维南有箕，载翕其舌③。维北有斗，西柄之揭④。

①箕：星名。 ②簸（bò）扬：扬米去糠也。 ③翕：合也。谓箕舌虽张，而不可以簸扬，则如合其舌而已。 ④斗之挹物，必平其柄，乃能有所盛，若高揭其柄，则斗魁且倾仄而外泻，故不可以挹酒，亦徒揭其柄而已。

正　月[①]

正月繁霜[②]，我心忧伤。民之讹言[③]，亦孔之将[④]。念我独兮，忧心京京[⑤]。哀我小民，癙忧以痒[⑥]。

---

①忧乱之作也。　②正月：夏四月谓之正月，以其为正阳之月也。繁：多也。　③讹：伪也。　④将：大也。此忧讹言孔将。　⑤京京：忧心不去也。古音读如姜。　⑥癙（shǔ）忧：幽忧也。痒（yáng）：病也。

父母生我，胡俾我瘉[①]？不自我先，不自我后[②]。好言自口[③]，莠言[④]自口。忧心愈愈[⑤]，是以有侮[⑥]。

---

①瘉（yù）：病也。　②自：从也。后：古读如户。此忧所遭非时。　③两“口”字皆读如苦。　④莠言：丑言。⑤愈：（病）好。　⑥言为讹言者侵侮。

忧心茕茕[①]，念我无禄[②]。民之无辜，并其臣仆[③]。哀我人斯[④]，于何从禄？瞻乌爰[⑤]止，于谁之屋。

---

①茕茕（qióng）：忧意。　②无禄：不幸。　③古者有罪以为臣仆。此忧将为臣仆也。　④斯：语止词。⑤爰：聿也，爰、聿一声之转。

瞻彼中林[①]，侯薪侯蒸[②]。民今方殆[③]，视天梦梦[④]。既[⑤]克有定，靡人弗胜[⑥]。有皇[⑦]上帝，伊谁云憎[⑧]？

①中林：林中也。 ②侯：维也。薪、蒸：柴也，粗者曰薪，细者曰蒸。言朝廷皆小人也。 ③方：且也。殆：危也。 ④梦梦：不明也。 ⑤既：终也。 ⑥靡人弗胜：言无人而不为天所胜也。人：指讹言之小人。 ⑦皇：大也。 ⑧伊：维。云：犹“是”。

谓山盖卑[①]，为冈为陵[②]。民之讹言，宁莫之惩[③]。召彼故老[④]，讯之占梦[⑤]，具曰予圣[⑥]，谁知乌之雌雄[⑦]？

①盖：与“盍”同，何也。下文“谓天盖高”，“谓地盖厚”，犹言天何高地何厚也。 ②冈、陵：山之高大者也，而今则曰何其卑也，其讹言之妄如此。 ③惩：止。 ④故老：元老。 ⑤讯：问。占梦：官名，掌占梦者也。 ⑥具：俱也。言上下皆自以为圣。 ⑦雄：古读如嬴。

谓天盖高，不敢不局[①]；谓地盖厚，不敢不蹐[②]。维号斯言[③]，有伦有脊[④]。哀今之人，胡为虺蜴[⑤]？

①局：曲也。 ②蹐（jí）：累足也。 ③号：平声，长言之也。斯言：指谓天盖高谓地盖厚之言也。 ④脊：理也。此忧身无所容。 ⑤虺（huǐ）蜴：皆毒螫之虫。

瞻彼阪田[1]，有菀其特[2]。天之扤[3]我，如不我克。彼求我则[4]，如不我得。执我仇仇[5]，亦不我力[6]。

---

①阪（fǎn）田：山坡上的田。　②菀（yù）：茂盛貌。特：特生之苗也。　③扤（wù）：动也。　④彼：指朝廷。则：法也。　⑤仇仇：或作“执执”，缓也。　⑥力：用之也。此言用人不常。

心之忧矣，如或结之。今兹之正[1]，胡然厉矣[2]。燎之方扬[3]，宁或灭之。赫赫宗周，褒姒威之[4]。

---

①正：长也。谓褒姒私党升在位者。　②然：是也。厉：恶也。矣：犹“乎”也。　③燎：放火也。扬：盛也。言奸党方张。　④褒姒：幽王之嬖妾，褒国女，姒姓也。威：古“灭”字。

终其[1]永怀，又窘[2]阴雨。其车既载[3]，乃弃尔辅[4]。载输[5]尔载：“将伯助予”[6]。

---

①终：既也。　②窘：困也。　③既载：既重载也。④车两旁夹车木曰“辅”。　⑤载：语气词也。输：堕也。⑥将：请也。伯：长者。此喻不可无君子。

无弃尔辅，员于尔辐[1]。屡顾尔仆，不输尔载[2]。终逾绝险，曾[3]是不意！

①员（yún）：益也。辐：车轮上直木。 ②喻不知用君子。 ③曾：犹“乃”也。

鱼在于沼[1]，亦匪克乐[2]。潜虽伏矣，亦孔之炤[3]。忧心惨惨[4]，念国之为虐。

①沼：池也。 ②乐：古读如疗。 ③炤（zhuó）：昭明易见也。此喻祸乱之极无所逃。 ④惨惨：当作“懆懆”，见《月出》篇。

彼有旨酒，又有嘉肴。洽比[1]其邻，昏姻孔云[2]。念我独兮，忧心殷殷！

①比（pí）：合也。 ②云：《说文》象回转之形，故训为旋。此言小人得志，连其亲旧。

佌佌[1]彼有屋，蔌蔌方有穀[2]。民今之无禄，天夭是椓[3]。哿[4]矣富人，哀此茕独[5]！

①佌佌（cǐ）：小貌。 ②蔌蔌（sù）：陋貌。 ③夭：祸也。椓：古读如啄，害也。言小人得位，良臣受祸。④哿：称许也。 ⑤茕（qióng）：无兄弟也。独：无子孙也。

园有桃[①]

园有桃，其实之殽[②]。心之忧矣，我歌且谣[③]。不知我者，谓我士也骄。彼人[④]是哉，子曰何其[⑤]？心之忧矣，其谁知之？其谁知之，盖亦勿思！

①此系魏人忧国而作。　②殽：食物。　③合曲曰“歌”，徒歌曰“谣”。　④彼人：谓当国者。　⑤其（jí）：问词之助。

园有棘[①]，其实之食。心之忧矣，聊以行国。不知我者，谓我士也罔极。彼人是哉，子曰何其？心之忧矣，其谁知之？其谁知之，盖亦勿思！

①棘：酸枣。

黍　离[①]

彼黍离离[②]，彼稷[③]之苗。行迈靡靡[④]，中心摇摇。知我者，谓我心忧；不知我者，谓我何求？悠悠[⑤]苍天，此何人哉[⑥]！

①旧说多认为，此诗悯宗周也，周大夫行役至于宗周，过故宗庙宫室，尽为禾黍，悯周室之颠覆，彷徨不忍去，而作是诗也。可供参考。　②黍：禾属而黏者，以大暑时种之，宜植旱田。离离：垂下貌。　③稷：高粱。　④迈：亦行也。靡靡：犹

迟迟也。 ⑤悠悠：远意。 ⑥何人：谓何等人，疾之之词也。

彼黍离离，彼稷之穗[1]。行迈靡靡，中心如醉。知我者，谓我心忧；不知我者，谓我何求？悠悠苍天，此何人哉！

①穗：稻麦等的结籽部分。

彼黍离离，彼稷之实。行迈靡靡，中心如噎[1]。知我者，谓我心忧；不知我者，谓我何求？悠悠苍天，此何人哉！

①噎：咽喉堵塞。

十亩之间[1]

十亩之间兮，桑者闲闲兮。行[2]，与子还兮。

①此乃魏政乱国危，贤者不乐仕于其朝，而思与友归于农亩也。 ②行：将也。

十亩之外兮，桑者泄泄兮[1]。行，与子逝兮[2]。

①闲闲、泄泄，同为往来行走貌。 ②逝：往也。

衡 门[1]

衡门[2]之下，可以栖迟[3]？泌之洋洋[4]，可以乐饥[5]？

①此陈之君子乐隐之诗。　②衡："横"之假借。衡门：横木为门，言浅陋也。　③栖迟：游息。　④泌：泉水也。洋洋：水流貌。　⑤乐饥：自乐而忘饥。

岂其[1]食鱼，必河之鲂[2]？岂其取妻，必齐之姜[3]？

①其：语助词。　②鲂：鳊鱼。　③姜：齐姓。

岂其食鱼，必河之鲤？岂其取妻，必宋之子[1]？

①子：宋姓。

无　衣[1]

岂曰无衣？与子同袍。王于[2]兴师，修我戈矛[3]，与子同仇！

①此秦人仗义任侠，急公好战之词。　②于：聿也，于、聿一声之转。　③戈矛：古兵器。

岂曰无衣？与子同泽[1]。王于兴师，修我矛戟[2]，与子偕作[3]！

①泽：《说文》作"襗"。里衣也。以其亲近于垢泽，故谓之泽。　②戟：古兵器。　③作：起也。

岂曰无衣？与子同裳。王于兴师，修我甲兵，与子偕行！

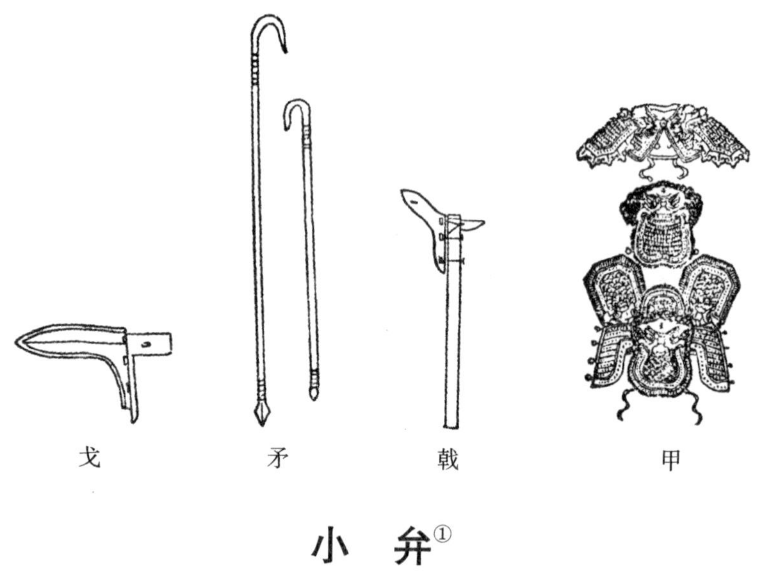

戈　矛　戟　甲

小　弁①

弁彼鸒斯②，归飞提提③。民莫不穀，我独于罹④。何辜于天？我罪伊何⑤？心之忧矣，云⑥如之何？

---

①赵岐《孟子》注以此为伯奇之诗，盖尹吉甫之子伯奇，为后母所谮而见出也；朱熹《集传》则以此为周幽王太子宜臼之诗。　②弁（bán）：乐貌。鸒（yù）：鸦之别称。斯：语词也。　③提提：读如匙匙，"翍"之假借，群飞貌。　④穀：善。罹：古读如罗。　⑤呼天自诉。　⑥云：发语词也。

踧踧[①]周道，鞫[②]为茂草。我心忧伤，惄焉如捣[③]。假寐[④]永叹，维忧用老[⑤]。心之忧矣，疢[⑥]如疾首。

---

①踧踧（dí）：平坦也。 ②鞫：塞也。 ③惄（nì）：忧思也。捣：舂也。 ④不脱衣冠而寐曰“假寐”。 ⑤用老：忧之之深，是以未老而衰老也。 ⑥疢（chèn）：本指热病。此处泛指烦恼、忧病。

维桑与梓[①]，必恭敬止[②]。靡瞻匪父，靡依匪母。不属[③]于毛，不罹[④]于里。天之生我，我辰安在？

---

①桑、梓：二木名，桑叶可养蚕，梓木为器用良材。古时田园皆种之，故多先人手植。 ②止：语已词也。 ③属（zhǔ）：附着也。 ④罹（lì）：附丽也。 ⑤数语自伤见逐。

菀彼柳斯，鸣蜩嘒嘒[①]。有漼[②]者渊，萑苇淠淠[③]。譬彼舟流，不知所届[④]。心之忧矣，不遑假寐。

---

①蜩（tiáo）：蝉也。嘒嘒：小声也。 ②漼（cuǐ）：深貌。 ③萑（wán）：草名，荻也；苇：草名。苇，一名芦。淠淠（pì）：众也。 ④届：至也。古读如计。此以舟流自伤。

鹿斯之奔，维足伎伎[①]。雉之朝雊[②]，尚求其雌。譬彼坏木，疾用无枝[③]。心之忧矣，宁莫之知！

①伎伎（qí）：舒貌。鹿之奔走，其势宜疾，而足伎伎然，舒留其群也。 ②雊（dù）：雉鸣也。 ③此以坏木自伤。

相彼投兔[①]，尚或先之[②]。行[③]有死人，尚或墐之[④]。君子秉心，惟其忍之。心之忧矣，涕既陨之。

①相：视也。投兔：逃奔之兔也。 ②先（xiàn）：使脱逃也。 ③行：道也。 ④墐：埋也。以投兔死人，反形忍心。

君子信谗，如或酬之[①]。君子不惠[②]，不舒究之[③]。伐木掎矣[④]，析薪杝矣[⑤]。舍彼有罪，予之佗矣[⑥]。

①如：而也。酬（chóu）：报也。 ②惠：爱也。 ③舒：缓也。究：察也。 ④掎（yí）：偏引也。伐大木者，必先以绳索牵其颠，使木倒向既定之处。 ⑤杝（shē）：随薪木之纹理而挫析之也。此以伐木析薪反形不惠。 ⑥佗（tuò）：加也。

莫高匪山，莫浚匪泉[①]。君子无易由[②]言，耳属于垣[③]。无逝我梁[④]，无发我笱[⑤]。我躬不阅[⑥]，遑恤我后[⑦]！

①二语言无高而非山，无浚而非泉，以喻无处无有侧听之耳也。浚（jùn）：深也。 ②由：于也。 ③属：附着也。忧

深虑远之语。　④梁：鱼梁也。　⑤笱（gōu）：捕鱼之具。　⑥阅：容也。　⑦后：古读如户。

凯　风[1]

凯风自南[2]，吹彼棘心[3]。棘心夭夭[4]，母氏劬劳[5]。

①此乃邶人母不安其室，七子自咎而作。　②凯风：南风也。南，古读若任。　③棘：小木，丛生多刺；棘心：谓棘初生之萌蘖。　④夭夭：盛貌。　⑤劬（qú）劳：劳苦。

凯风自南，吹彼棘薪[1]。母氏圣善，我无令人[2]。

①棘薪：棘长成薪也。　②令人：善人也。此二章以凯风吹棘喻母养子之辛劳。

爰有寒泉，在浚之下[1]。有子七人，母氏劳苦。

①浚：卫邑。下：古读如户。此当是以寒泉浸润浚域的土地比喻母亲对儿子的爱护和养育。

睍睆黄鸟[1]，载[2]好其音。有子七人，莫慰母心[3]。

①睍睆（xiàn huǎn）：好貌。黄鸟：黄莺也，亦名黄鹂，亦名仓庚。　②载：犹“则”也。　③此二章以寒泉之益于浚，黄鸟之好其音，兴子之不能悦母，泉、鸟之不如也。

陟 岵[①]

陟彼岵兮[②]，瞻望父兮。父曰："嗟！予子行役[③]，夙夜无已。上慎旃哉[④]！犹来无止[⑤]。"

①此魏地征人登高望乡，思念家中父母兄弟，并想像他们牵挂自己的情形。　②岵（hù）：有草木之山。　③父曰，母曰，兄曰，皆至行役为句，而子，季，弟各至句半为韵，各协下音，犹之半句为读也。　④上：别本作"尚"，庶几也。旃（zhān）：代词，之也。　⑤犹：犹"可"也。无止：谓无止于彼而不来也。

陟彼屺兮[①]，瞻望母兮，母曰："嗟！予季[②]行役，夙夜无寐[③]。上慎旃哉！犹来无弃。"

①屺（qǐ）：无草木之山。　②季：少子也。　③无寐：寐，即"沫"，沫即已，无沫即无已。

陟彼冈兮，瞻望兄兮[①]，兄曰："嗟！予弟行役，夙夜必偕[②]。上慎旃哉！犹来无死。"

①兄：古读如荒。　②偕：古读如纪。必偕：是劝其与伙伴同行止。

蓼 莪[①]

蓼蓼者莪[②]，匪莪伊蒿[③]。哀哀父母，生我劬劳。

①父母死时，儿子行役在外，不能归家尽孝安葬，因而更为悲伤自责。　②蓼蓼（lù）：长大貌。莪（é）：萝蒿，美菜也。　③伊：是。

蓼蓼者莪，匪莪伊蔚[①]。哀哀父母，生我劳瘁！

①蔚：牡蒿也，蒿之粗者。

瓶之罄矣，维罍之耻[①]。鲜民之生[②]，不如死之久矣[③]。无父何怙[④]？无母何恃？出则衔恤[⑤]，入则靡至[⑥]。

①瓶、罍：皆酒器，瓶小罍大。罄：尽也。以瓶比父母，以罍比子，但取其相资之义，而不取义于瓶罍之大小也。瓶之罄矣，乃罍之耻，言父母不得其所，乃子之责。　②鲜（xiǎn）：寡也。无父母也。　③久：古读如几。　④怙：恃也。　⑤恤：忧也。　⑥靡至：如无所归也。

罍

父兮生我，母兮鞠我。拊我畜我[1]，长我育我[2]，顾我复我[3]，出入腹我[4]。欲报之德，昊天罔极[5]！

①拊：与“抚”同，抚养也。 ②长（zhǎng）：养育使长大。 ③复：反覆也，不能暂舍也。 ④腹：包藏之也。 ⑤犹言昊天不惠也。

南山烈烈[1]，飘风发发，民莫不穀[3]，我独何害！

①烈烈：高大貌。 ②飘风：暴起之风。发发：疾貌。 ③谷：善。

南山律律[1]，飘风弗弗，民莫不穀，我独不卒[2]！

①律律：“嵂”之假借，山势突起貌。 ②卒：终也，言终养也。末二章自叙其劳苦。

匪 风[1]

匪风发兮，匪车偈兮[2]。顾瞻周道，中心怛兮[3]。

①此或周室播迁以后，周人有居桧者，不复能西归，而睠怀其故乡，故顾瞻周道，则心中忧怛。若或有人西归，则寄之以好音。亦可视为离乡羁旅之词。若照此解，更为亲切有情。
②偈（jié）：疾驱貌。 ③怛（dá）：忧也。言非为风之飘

发，非为车之偈偈而不安，我心中自有所伤怛而不宁也！

匪风飘兮，匪车嘌[1]兮。顾瞻周道，中心吊兮[2]。

①嘌（piāo）：飘摇不安也。　②吊：伤也。

谁能亨鱼[1]，溉之釜鬵[2]。谁将西归[3]，怀之好音[4]。

①亨：古“烹”字。　②溉（gài）：涤也。一说当为“摡”。摡：亦涤也。鬵（xūn）：釜属。　③桧在周东，故曰西归。④好音：犹平安竹报。

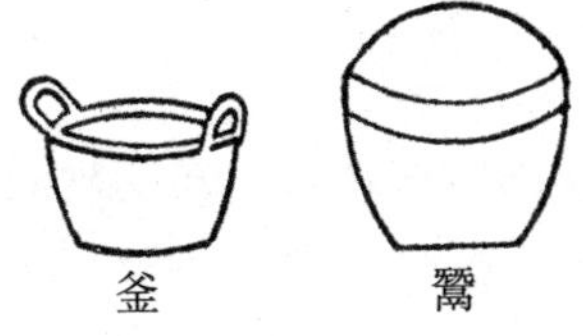

采　葛[1]

彼采葛兮[2]，一日不见，如三月兮[3]。

①此为怀人之诗。　②葛：多年生草，纤维可为织物。③上一句指所思之人，下二句言思念之情。

彼采萧兮[1]，一日不见，如三秋兮。

①萧：香蒿，又名艾蒿。

彼采艾兮[1]，一日不见，如三岁兮。

①艾：多年生草，茎白色，高四五尺，叶互生。

风 雨[1]

风雨凄凄[2]，鸡鸣喈喈[3]。既见君子，云胡不夷[4]！

①旧说为乱世思君子之词，若作情人由相思至相会之情景，更为顺畅。 ②凄凄：风雨起貌。 ③喈：古读如基。喈喈：鸡鸣声。 ④云：发语词。夷：心情舒平之意。

风雨潇潇[1]，鸡鸣胶胶[2]。既见君子，云胡不瘳[3]！

①潇潇：暴疾貌。 ②胶胶：和也。 ③瘳：病愈也。

风雨如晦，鸡鸣不已。既见君子，云胡不喜！

白 驹[1]

皎皎白驹[2]，食我场[3]苗。絷之维之[4]，以永今朝[5]。所谓伊人，于焉逍遥[6]？

①旧说贤者将隐去，王者留之而作是诗。亦可作留客惜别之诗。 ②皎皎：洁白也。驹：马之未壮者。 ③场：圃

也。　④絷：绊其足也。　⑤此留之之词。　⑥焉：是也。逍遥：游息也。

皎皎白驹，食我场藿[1]，絷之维之，以永今夕。所谓伊人，于焉嘉客？

①藿：菽之幼也。

皎皎白驹，贲然[1]来思。尔公尔侯[2]，逸豫无期[3]。慎尔优游[4]，勉尔遁思[5]。

①贲然：光彩貌。　②公、侯：谓尔宜为公也，尔宜为侯也。侯：古读如惟。　③豫：乐也。言何为逸豫无期以返。④慎：勿过也。　⑤勉：强止之也。遁思：去志也，与下“遐心”同。此望其复来。

皎皎白驹，在彼空谷。生刍[1]一束，其人如玉。毋金玉尔音，而有遐心[2]。

①刍：青草，所以喂白驹。　②遐心：远遁之心也。此冀其勿相绝。

蒹　葭[1]

蒹葭苍苍[2]，白露为霜。所谓伊人，在水一方。溯洄[3]从之，道阻且长。溯游[4]从之，宛[5]在水中央。

①旧说君子隐于河上，秦人慕之而作是诗。从诗的内容分析，作为情诗更为贴切，也更具诗味。　②蒹葭（jiān jiā）：蒹，荻之别名，扬州人谓之马尾。葭，芦也。苍苍：物老之状。③逆流为洄，溯向也，水欲下，逆之而上曰溯洄。　④溯游：顺流而下也。顺流为游。　⑤宛：犹彷佛也。

蒹葭萋萋[1]，白露未晞[2]。所谓伊人，在水之湄[3]。溯洄从之，道阻且跻[4]。溯游从之，宛在水中坻[5]。

①萋萋：犹苍苍也。　②晞（xí）：干也。　③湄：水岸也。　④跻（qí）：升也，言难至也。　⑤坻（chí）：水中高地也。

蒹葭采采[1]，白露未已，所谓伊人，在水之涘[2]。溯洄从之，道阻且右[3]。溯游从之，宛在水中沚[4]。

①采采：犹萋萋也。采：古读如萋。　②涘（sì）：水涯也。　③右：古读如以，迂曲意。　④沚：水中的小块陆地。

缁　衣[1]

缁衣之宜兮[2]，敝，予又改为兮[3]。适子之馆兮，还，予授子之粲兮[4]。

---

①此郑好贤之诗。　②缁衣：卿大夫居私朝之服也。宜：古读如俄。　③为：古读如乎。　④粲（càn）：鲜明貌。

缁衣之好兮，敝，予又改造兮。适子之馆兮，还，予授子之粲兮。

缁衣之蓆兮[①]！敝，予又改作兮。适子之馆兮，还，予授子之粲兮。

---

①蓆：大也。

木　瓜[①]

投我以木瓜[②]，报之以琼琚[③]；匪报也，永以为好也！

---

①综观全诗，应为情人赠答之诗。旧说，定为朋友相赠之诗。　②木瓜：水果，呈椭圆状。瓜：古读如孤。　③琼：美玉也。琚：佩玉名。

投我以木桃，报之以琼瑶[①]；匪报也，永以为好也！

---

①瑶：亦佩玉名。

投我以木李，报之以琼玖[①]；匪报也，永以为好也！

---

①玖：玉名，黑色。

燕 燕[1]

燕燕[2]于飞，差池[3]其羽。之子[4]于归，远送于野[5]。瞻望弗及，泣涕如雨。

①卫庄姜与娣戴妫皆为州吁所逐，同出卫野而别，庄姜作是诗以赠妫焉。 ②燕燕：重言之，犹叠呼黄鸟黄鸟也。 ③差池：不齐貌。 ④之子：是子也，去者也。 ⑤野：古读如暑。

燕燕于飞，颉之颃之[1]。之子于归，远于将之[2]。瞻望弗及，伫立以泣[3]。

①颉（yì）：飞而下也；颃（háng）：飞而上也。一说，颉，同“页”。页，头也，飞而下则头抢地。颃，同“亢”。亢，颈也，飞而上则亢向天。 ②将：送也。 ③伫立：久立也。立、泣，一句中自为韵。

燕燕于飞，下上其音。之子于归，远送于南[1]。瞻望弗及，实[2]劳我心。

①南：读若任。戴妫归于陈，陈在卫南。 ②实：是也。

仲氏任只[1]，其心塞渊[2]。终温且惠[3]，淑[4]慎其身。先君[5]

之思，以勖寡人⑥。

①仲氏：兄弟辈中，排行第二者。任（rén）：诚笃也。只：语助。　②塞渊：充实而渊深也。　③终：既也。惠：顺也。　④淑：善也。　⑤先君：庄公也。　⑥勖：勉也。寡人：自称。言戴妫以思先君之故，临行时犹劝勉我也。

烝　民[①]

天生烝民②，有物有则③。民之秉彝④，好是懿德⑤。天监有周，昭假于下⑥。保兹天子，生仲山甫⑦。

①《毛诗正义》云："《烝民》，尹吉甫美宣王也，任贤使能，周室中兴焉。"　②烝（zhēng）民：犹"众民"也。③物：事也。则：犹"原则"也。　④秉：执也。彝：常也。⑤懿德：美德。　⑥假（gē）：至也。下，古读如户。⑦仲山甫：樊穆仲也。

仲山甫之德，柔嘉维则①。令②仪令色，小心翼翼。古训是式，威仪是力。天子是若③，明命使赋。

①柔嘉：柔和美善也。则：法则也。　②令：善也。③若：择也。

王命仲山甫：式是百辟①，缵戎②祖考，王躬是保。出纳王命，王之喉舌。赋政于外，四方爰发[3]。

①式：法也。百辟：诸侯也。 ②戎：犹“是”也。③发：行也。

肃肃王命，仲山甫将之[1]。邦国若否[2]，仲山甫明之[3]。既明[4]且哲，以保其身。夙夜匪解[5]，以事一人。

①将：奉行也。 ②若：顺也。若否：犹“臧否”。③明：古读如芒。 ④明：命也。 ⑤解：与“懈”同。

人亦有言：柔则茹之[1]，刚则吐之。维仲山甫，柔亦不茹，刚亦不吐。不侮矜寡[2]，不畏强御[3]。

①茹：食也。 ②矜：与“鳏”同。 ③强御：豪强有势力之人。御，与“圉”通，古读如忤。

人亦有言：德輶[1]如毛，民鲜克举之。我仪[2]图之，维仲山甫举之，爱莫助之。衮职[3]有阙，维仲山甫补之。

①輶（yòu）：轻也。 ②仪：度也。 ③衮职：谓王职也。

仲山甫出祖[1]，四牡业业[2]，征夫捷捷[3]，每怀靡及。四牡彭彭[4]，八鸾锵锵[5]。王命仲山甫，城彼东方[6]。

①祖：行祭也。　②业业：强壮貌。　③捷捷：举动敏疾貌。　④彭彭：行貌。　⑤鸾：铃也。四马则八鸾。锵锵：铃声。　⑥东方：指齐也。

四牡骙骙①，八鸾喈喈②。仲山甫徂齐，式遄其归③。吉甫作诵④，穆如清风⑤。仲山甫永怀，以慰其心⑥。

①骙（kuí）：强也。　②喈：古读如基。　③式：语词。遄（shuán）：疾也。　④词之可诵者曰“诵”。⑤穆：和也。风：古读如芬。　⑥八章间言仲山甫者十二，可见惓惓尊慕之意。

黄　鸟①

交交②黄鸟，止于棘③。谁从穆公④？子车奄息。维此奄息，百夫之特⑤。临其穴，惴惴其栗。彼苍者天，歼我良人！如可赎兮，人百其身！

①秦穆公卒，以子车氏之三子奄息、仲行、鍼虎为殉，皆秦之良也，国人哀之，为之赋此。　②交交：飞而往来之貌。③以黄鸟得所止，兴三良不以寿终。　④从：从死也，即殉葬。穆公：名任好，秦之霸主。　⑤特：杰出之称。

交交黄鸟，止于桑。谁从穆公？子车仲行。维此仲行，百夫之防①。临其穴，惴惴其栗。彼苍者天，歼我良人！如可赎兮，人百其身！

①防：抵当也。言一人可以当百夫也。

交交黄鸟，止于楚①。谁从穆公？子车针虎；维此鍼虎，百夫之御。临其穴，惴惴其栗。彼苍者天，歼我良人！如可赎兮，人百其身！

①楚：灌木名。

抒情诗（下）

关　雎[1]

关关雎鸠[2]，在河之洲[3]。窈窕[4]淑女，君子好逑[5]。

①此为贺新婚之诗。　②关关：雌雄相应声。雎鸠：水鸟，一名“王雎”。　③四面环水之地曰“洲”。　④窈窕：幽闲贞静貌。　⑤逑：配偶也。

参差荇菜[1]，左右[2]流之。窈窕淑女，寤寐求之[3]。求之不得，寤寐思服[4]。悠哉悠哉[5]，辗转反侧。

①参差：长短不齐之貌。荇（xìng）菜：生水中的植物。②左右：在水中摆动貌。　③寤：醒也。之：凡诗中语助之词，皆以上一字为韵，如此章“流”与“求”韵是。　④思：语词。服：古读如匐，思也。　⑤悠：思也。

参差荇菜，左右采之。窈窕淑女，琴瑟友之[1]。参差荇菜，左右芼之[2]。窈窕淑女，钟鼓乐之。

①友：古读如以。　②芼（mào）：拔取。

琴

瑟

桃 夭[①]

桃之夭夭[②]，灼灼其华[③]。之子于归[④]，宜其室家[⑤]。

①此贺嫁女之词。 ②夭夭：少好貌。 ③灼灼：鲜明貌。 ④妇人谓嫁曰“归”。 ⑤宜：和顺之意。

桃之夭夭，有蕡其实[①]。之子于归，宜其家室。

①有：状物之词。蕡（fén）：实之大也。

桃之夭夭，其叶蓁蓁[①]。之子于归，宜其家人。

①蓁蓁（zhēn）：叶盛貌。

螽 斯[①]

螽斯羽[②]，诜诜兮[③]。宜尔子孙，振振兮[④]！

①此颂多男之词。 ②螽（zhōng）：蝗属。斯：语助词。 ③诜诜（shēn）：羽多貌。 ④振振（zhēn）：众多也。

螽斯羽，薨薨兮[①]。宜尔子孙，绳绳兮[②]！

①薨薨（hōng）：群飞声。　②绳绳：不绝貌。

螽斯羽，揖揖兮[1]。宜尔子孙，蛰蛰兮[2]！

①揖揖：会聚也。　②蛰蛰：和集之貌。

良　耜[1]

畟畟良耜[2]，俶载南亩[3]。播厥百谷，实函斯活[4]。或来[5]瞻女，载筐及筥[6]。其饟伊黍[7]，其笠伊纠[8]，其镈斯赵[9]，以薅荼蓼[10]。荼蓼朽止，黍稷茂止[11]！获之挃挃[12]，积之栗栗[13]。其崇如墉[14]，其比如栉[15]。以开百室[16]，百室盈止，妇子宁止。杀时犉牡[17]，有捄[18]其角。以似[19]以续，续古之人[20]。

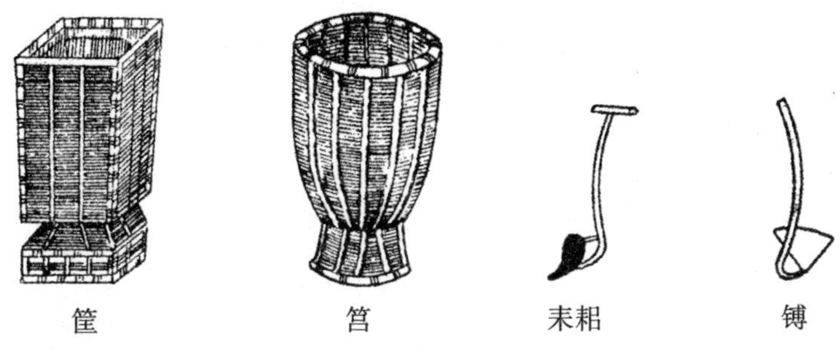
筐　筥　耒耜　镈

①春日天子“藉田”并祭祀社稷之乐歌。《礼记·月令》：“孟冬之月，天子乃祈来年于天宗，大割祠于公社。”此其祈祷之辞也。　②畟畟（cè）：利耜深耕快进貌。耜（sì）：田器，起土之具，似锹。　③俶（chù）：始也。载：从事劳作。

④实函斯活：谓谷实之种皆含此生活之气也。 ⑤或来：谓妇子来送饭食者。 ⑥筐，筥：竹器，筐方，筥圆。 ⑦馕：同“饷”。以食物待人也。黍：禾属而黏者，今北人呼为黄米子。 ⑧纠：以绳纠结于项下也。 ⑨镈（bó）：去草之器，迫地去草，故谓之镈。赵：翻土去草也。 ⑩薅（gáo）：拔除田草。荼：陆地秽草。蓼（liǎo）：泽中水草。 ⑪茂：古读如耄。 ⑫挃挃（zhì）：断禾穗声也。 ⑬栗栗：颗粒圆也。 ⑭墉：城也。 ⑮比（bì）：迫也。栉：理发器，言密也。 ⑯百室：众室也。 ⑰时：是也。犉（chún）：黄牛之黑唇者。 ⑱捄（qíu）：曲貌。 ⑲似：“嗣”之借字。 ⑳续古之人：谓继承古人的仪礼。

斯干[①]

秩秩斯干[②]，幽幽[③]南山。如竹苞矣[④]，如松茂矣[⑤]。兄及弟矣，式相好矣[⑥]，无相犹矣[⑦]。

①此贺成室之词。 ②秩秩：水岸草木貌。斯：此也。③幽幽：深远貌。 ④苞：丛生而固也。 ⑤茂：古读如耄。 ⑥式：语词。 ⑦犹：当作“尤”，抱怨、指责。此章言宫室地势，家庭和乐。

似续妣祖[①]，筑室百堵[②]，西南其户。爰居爰处[③]，爰笑爰语[④]。

---

①似："嗣"之假借。妣：母已死曰"妣"。　②堵：一面墙为一堵，一堵面积为一方丈。　③爰：于是也。　④此章述筑室之意。

约之阁阁①，椓之橐橐②。风雨攸③除，鸟鼠攸去，君子攸芋④。

---

①约：束板。阁阁：犹"历历"也。言束板之绳历历然。②椓（zhuó）：击也。橐橐：击声。二语述作室之状。　③攸：语词也。　④芋：居也。此章言宫室之坚固。

如跂斯翼①，如矢斯棘②，如鸟斯革③，如翚斯飞④，君子攸跻⑤。

---

①跂：当为"翍"字之误，翍即言翼之状，如下句"如翚斯飞"，翚即飞之状，文意一律。翍亦作"翅"。斯：犹"其"也。②棘：廉也，谓屋之棱角廉隅也。　③革：古读如棘，鸟翅也。　④翚：大飞也。　⑤跻：升也。此章言宫室之美。

殖殖①其庭，有觉其楹②。哙哙其正③，哕哕其冥④，君子攸宁⑤。

---

①殖殖：平正也。　②觉：高大而直也。楹：柱也。③哙哙（kuài）：轩豁之意。正：向明处也。　④哕哕（huì）：

深广之貌。冥：幽暗处也。　　⑤此章言宫室之宽明。

下莞上簟[1]，乃安斯[2]寝。乃寝乃兴，乃占我梦。吉梦维何？维熊维罴[3]，维虺维蛇[4]。

---

①莞：多年生草，植于水田，又名水葱，其茎可织席，高五六尺。簟（diàn）：竹苇也。　　②斯：犹“乃”也。　　③罴：体大于熊，毛色黄白，颈长脚高，多力。　　④虺（huǐ）：蛇属，细颈大头，色如纹绶。自此章以下，皆颂祷之辞。

大人[1]占之：“维熊维罴，男子之祥；维虺维蛇，女子之祥。”

---

①大：读如太。大人：太卜之属，占梦之官也。

乃生男子，载[1]寝之床，载衣之裳[2]，载弄之璋[3]。其泣喤喤[4]。朱芾斯皇[5]，室家君王。

---

①载：犹“则”也。　　②衣（yì），去声。裳：下饰也。③半圭曰“璋”。　　④喤喤：小儿哭声。　　⑤芾（fèi）：与“韨”同，古祭服所以蔽膝者。皇：犹煌煌也。

乃生女子，载寝之地[1]，载衣之裼[2]，载弄之瓦[3]。无非无仪[4]，唯酒食是议，无父母诒罹[5]。

①寝地：卑之也，古时重男轻女，男寝于床，女寝于地。②裼（tì）：褓衣也。　③瓦：以泥土烧制的纺锤。　④非：过失也。仪：威仪也。　⑤诒：遗也。罹：遭遇忧患。

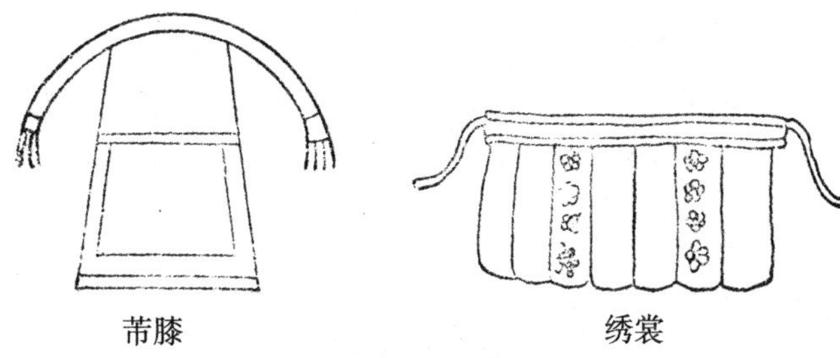

芾膝　　绣裳

振　鹭[1]

振鹭于飞[2]，于彼西雍[3]。我客戾止[4]，亦有斯容。在彼[5]无恶，在此无斁[6]。庶几夙夜，以永终誉。

①此欢迎词也。又曰，微子来助祭也。　②振：群飞貌。鹭：鹭鸶。　③雍：水泽。　④戾：至也。　⑤彼：其国也。　⑥斁（yì）：厌也。《中庸》作“射”。

有　客[1]

有客有客，亦白其马[2]。有萋有且[3]，敦琢其旅[4]。有客宿宿[5]，有客信信[6]。言授之絷[7]，以絷[8]其马。薄言追之[9]，左右绥之[10]。既有淫威[11]，降福孔夷[12]！

①此欢送词也。又曰，微子来朝，将归而赐于庙也。②马：古读如姥。 ③萋：盖言帛也。且（jū）：多貌。④敦：与“雕”通。敦琢：盖言玉也。旅：众也。 ⑤一宿曰“宿”。 ⑥再宿曰“信”。 ⑦言：语助也。絷：名词，索也。 ⑧絷：动词，绊也。 ⑨薄言：复语音节助词。追：送也。 ⑩绥：安乐也。 ⑪既：犹“终”也。淫：大也。威：则也。 ⑫夷：大也。

湛 露[①]

湛湛露斯[②]，匪阳不晞[③]。厌厌[④]夜饮，不醉无归[⑤]！

①天子宴诸侯之诗。 ②湛湛：露盛貌。斯：语词。③阳：日也。晞（xī）：干也。 ④厌厌：安也。 ⑤归：古读如姬。

湛湛露斯，在彼丰草。厌厌夜饮，在宗载考[①]！

①宗：宗庙也，古朝聘享皆于庙。载：再也。考：击也，谓击钟也，迎送客人及宴饮时皆用之。

湛湛露斯，在彼杞棘。显允[①]君子，莫不令德！

①显：明也。允：信也。

其桐其椅[①]，其实离离[②]。岂弟[③]君子，莫不令仪！

①椅：落叶乔木也。　②离离：犹“累累”也。　③岂弟：即恺悌，言乐易也。

鹿　鸣[①]

呦呦鹿鸣[②]，食野之苹[③]。我有嘉宾，鼓瑟吹笙。吹笙鼓簧[④]，承筐是将[⑤]。人之好我，示我周行[⑥]。

①旧说，此诗乃天子宴赏群臣之歌。　②呦呦：读如幽幽，鹿鸣声。鹿呼群共食，故以兴宴饮焉。　③苹：白蒿属，一年生草木植物。　④簧：竽管中之薄叶。　⑤承：奉也。筐：所以盛币帛者也。饮有酬币，食有侑币。将：行也。　⑥周行：大路也。

笙

呦呦鹿鸣，食野之蒿[①]。我有嘉宾，德音孔昭[②]。视民不恌[③]，君子是则是效。我有旨酒，嘉宾式燕以敖[④]。

①蒿：艾类，即青蒿也。　②昭：明也。　③视：古“示”字。恌（tiāo）：浮薄也。　④敖：游也。

呦呦鹿鸣，食野之芩[①]。我有嘉宾，鼓瑟鼓琴。鼓瑟鼓琴，和乐且湛[2]。我有旨酒，以燕乐嘉宾之心。

---

①芩：草名，叶如竹，蔓生卑湿之处。 ②湛（zhàn）：乐之久也。

伐 木[1]

伐木丁丁[2]，鸟鸣嘤嘤[3]。出自幽谷，迁于乔木。嘤其鸣矣，求其友声，相[4]彼鸟矣，犹求友声。矧伊人矣[5]，不求友生[6]！神之[7]听之，终[8]和且平。

---

①此宴请朋友亲戚兄弟之乐歌。 ②丁丁：伐木声。 ③嘤嘤：鸟鸣声也。 ④相（xiàng）：视也。 ⑤矧：况也。伊：犹“是”也。 ⑥友生：朋友也。 ⑦之：犹“其”也。 ⑧终：犹“既”也。

伐木许许[1]，釃酒有芎[2]。既有肥羜[3]，以述诸父[4]。宁适不来[5]？微我弗顾[6]。於粲洒扫[7]，陈馈八簋[8]。既有肥牡，以述诸舅。宁适不来，微我有咎。

---

①许许：读如虎虎，伐木声。 ②釃（shī）：以筐漉酒而去其糟也。芎（xù）：酒美也。 ③羜（zhū）：今俗呼五月羔为羜。 ④述：召也。诸父：天子谓同姓诸侯，诸侯谓同姓大夫，皆曰父，异姓则称舅。 ⑤宁：犹“何”也。适：往也。 ⑥微：无也。谓无弗我顾也。 ⑦於：语词。粲：鲜明也。

⑧馈：食品也。簋：古读如九，古祭祀宴享以盛黍稷之器。

伐木于阪[1]，酾酒有衍[2]。笾豆有践[3]，兄弟无远[4]。民之失德，干糇以愆[5]。有酒湑[6]我，无酒酤[7]我，坎坎[8]鼓我，蹲蹲舞我[9]。迨我暇矣[10]，饮此湑矣。

①阪：与“坂”同，山坡也。　②衍：多也。　③践：陈列也。　④无远：皆在也。　⑤糇（nóu）：干粮。愆（qiān）：过也。　⑥湑（xǔ）：与“醑”同，酾也。　⑦酤（gǔ）：买也。　⑧坎坎：鼓声。　⑨蹲蹲（cún）：舞貌。“有酒湑我，无酒酤我”，此倒装句也，言我有酒即湑之，我无酒则酤之。“坎坎鼓我，蹲蹲舞我”，言我为之击鼓则坎坎然，我为之兴舞则蹲蹲然，亦倒装句也。　⑩暇：古读如豫。

鱼　丽[1]

鱼丽于罶[2]，鲿鲨[3]。君子有酒，旨且多。

①此当为宾酬主之乐歌，极道主人礼物之备以称谢之。②丽：附丽也。罶（liǔ）：渔具，即笱也，用曲木为之，如篚。③鲿（cháng）：一名黄颊鱼，性浮而善飞跃。

鱼丽于罶，鲂鳢[1]。君子有酒，多且旨！

①鲂：即鳊鱼也。鳢（lǐ）：俗名乌鱼。

鱼丽于罶，鰋[①]鲤。君子有酒，旨且有[②]！

①鰋（yàn）：即白鱼也。 ②有：古读如以，犹多也。

物其[①]多矣，维其[②]嘉矣！

①其：犹“之”也。 ②其：指物之词。

物其旨矣，维其偕矣[①]。

①偕：嘉也，古与“皆”通。

物其有矣，维其时矣。

思 文[①]

思[②]文后稷，克配彼天。立[③]我烝民，莫匪尔极[④]。贻我来牟[⑤]，帝命率[⑥]育。无此疆尔界，陈常于时夏[⑦]。

①此祀后稷之乐歌。 ②思：语词。 ③立：当作“粒”。 ④极：至也。言至德也。 ⑤来：小麦。牟：大麦。 ⑥率：遍也。 ⑦陈：敷也。常：人伦常道也。时：是也。夏：中国也。末四句无韵。

描写诗

溱 洧[1]

溱与洧[2]，方涣涣兮[3]。士与女，方秉蕑兮[4]。女曰："观乎？"士曰："即且[5]！""且[6]往观乎！洧之外，洵訏且乐[7]。"维士与女，伊[8]其相谑，赠之以勺药。

①此写郑男女相爱恋之诗。　②溱、洧：郑两水名。溱，发源河南密县东北；洧，发源今河南登封东，东流至新郑会溱水于双洎河。　③涣涣：春水盛貌。　④蕑（jiān）：兰也。⑤且（jū）：语已词也。一说，"既且"二字，当为"暨"字之讹。《小尔雅》："暨，息也。"女曰观乎，劝其往也，士曰暨，劝其息也，故女又言"洧之外，洵訏且乐"，以劝其往观。⑥且：姑也。　⑦洵：信也。訏（yù）：喜也。　⑧伊：笑也。

溱与洧，浏[1]其清矣。士与女，殷[2]其盈矣。女曰："观乎？"士曰："既且！""且往观乎！洧之外，洵訏且乐！"维士与女，伊其将[3]谑，赠之以勺药。

①浏：深也。　②殷：众也。　③将：犹“相”也。

女曰鸡鸣[1]

女曰：“鸡鸣。”士曰：“昧[2]旦。”子[3]兴视夜，明星[4]有烂。将翱将翔[5]，弋凫与雁[6]。

①此郑人描写夫妇相亲爱之词。　②昧旦：天将明未明之时也。　③子：夫也，即此之士也。　④明星：即启明也。今俗谓晓星。　⑤翱、翔：徘徊，这里指游猎。　⑥弋：以绳系矢而射也。凫：水鸟，如鸭，俗亦谓野鸭。

弋言加之[1]，与之宜之[2]。宜言饮酒，与子偕老。琴瑟在御[3]，莫不静好。

①言：犹“而”也。加：中也。　②与：犹“为”也，为读去声。宜：烹调也。言若得凫雁以归，则我当为子烹调，而和其滋味之所宜也。　③凡物在手曰“御”。

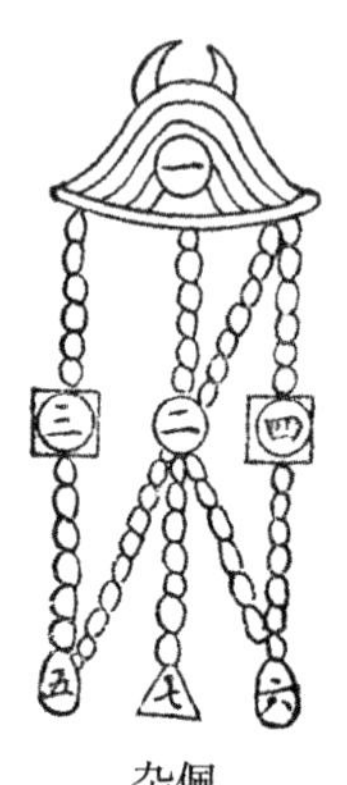

杂佩

知子之来之，杂佩以赠之[1]。知子之顺之[2]，杂佩以问之。知子之好之，杂佩以报之。

①杂佩：左右佩玉也。赠：音未详。一说“贻”之讹。　②顺：顺从也。

硕　人①

硕人其颀②，衣锦䌹衣③。齐侯之子④，卫侯之妻。东宫⑤之妹，邢侯之姨⑥，谭公维私⑦。

①此写卫庄姜之来归庄公也，揣摩诗意，当为其初至时作。　②硕人：谓庄姜也。颀（qí）：长貌。　③第一个“衣”字作穿衣解。䌹（jiǒng）：用麻或轻纱制的单罩衫，女子出嫁时罩在锦衣外。　④子：女也。　⑤东宫：太子所居之宫，即以称太子。　⑥妻之姊妹曰“姨”。　⑦维：为也。妹姊之夫曰“私”。此章言其贵。

手如柔荑①，肤如凝脂②。领如蝤蛴③，齿如瓠犀④。螓首蛾眉⑤，巧笑倩兮⑥，美目盼兮⑦！

①茅之始生曰“荑”，柔而白。　②脂：油脂，亦言其白而润也。　③领：颈也。蝤蛴（qiú qí）：读如囚齐，天牛及桑牛之幼虫，色白而丰洁，故以比妇人之颈。　④瓠犀（hù xì）：瓠即葫芦瓜。瓠犀，瓠中籽方正洁白，比次整齐，故以喻美人之齿。　⑤螓（qín）：蜻蜓也。言美人之额，方广如螓也。蚕蛾触须，细而长曲，故以比美人之眉。　⑥倩：口辅美也。⑦盼：黑白分明也。此章言容貌之美。

硕人敖敖①，说②于农郊。四牡有骄③，朱幩镳镳④，翟茀以朝[5]。大夫夙退，无使君劳[6]！

---

①敖敖：长貌。 ②说（shùi）：止驾也。 ③马高六尺为“骄”。 ④幩（fén）：马饰也。镳镳（biāo）：盛也。 ⑤雉羽饰车曰“翟”；前后设蔽曰“茀（fú）”。 ⑥显现庄公新婚之情。此章言其婚成。

河水洋洋[1]，北流活活[2]。施罛濊濊[3]，鳣鲔发发[4]，葭菼揭揭[5]。庶姜孽孽[6]，庶士有朅[7]。

---

①河：黄河。洋洋：大水貌。黄河在齐西卫东，北流入海。 ②活活（kùo）：水流貌。 ③罛（gū）：渔网。濊濊（huò）：罟入水声也。 ④鳣（zhān）：即鲟鳇，产江河及近海深水中。鲔（wèi）：形似鳣，头小而尖。发发（pō）：鱼跳动貌。 ⑤葭（jiā）：即芦也。菼（tǎn）：亦谓之荻。揭揭（jiē）：长也。 ⑥庶姜：陪嫁之众娣皆为姜姓。孽孽：盛饰也。 ⑦庶士：齐大夫送嫁者。朅（jiē）：武貌。此章言随从之众。

猗 嗟[1]

猗嗟昌兮[2]，颀而[3]长兮。抑若扬兮[4]，美目扬兮[5]。巧趋跄兮[6]，射则臧兮[7]！

---

①此齐人赞美鲁庄公才艺之词。 ②猗嗟：叹词。昌：容貌俊美。 ③而：犹“然”也。 ④抑：美貌。若：犹“然”

也。“而”“若”互用。扬：广扬。意谓额角丰满也。 ⑤扬：举眼也。 ⑥跄：趋貌。言有容也。 ⑦臧：善也。

猗嗟名兮，美目清兮①。仪既成兮，终日射侯②。不出正兮③，展我甥兮④。

---

①“名”与“清”，皆美目也，目上为名，目下为清。②侯：箭靶，以布为之。 ③古礼，大射用皮侯，侯中方十尺，栖皮其上，谓之鹄。燕射用兽侯，侯中谓之质。宾射用采侯，侯中谓之正。 ④展：诚也。姊妹之子曰“甥”，庄公之母文姜，齐襄公之妹也。

猗嗟娈兮①，清扬婉兮②。舞则选兮，射则贯兮。四矢反兮③，以御乱兮。

---

①娈（luǎn）：美好貌。 ②婉：好眉目也。 ③反：谓中皆得其故处也。

大叔于田①

叔于田②，乘乘马③。执辔如组④，两骖⑤如舞。叔在薮⑥，火烈具举⑦，襢裼暴虎⑧，献于公所。将叔无狃⑨，戒其伤女⑩！

---

①《毛诗正义》谓叔多才而好勇，不义而恃众，是为乱阶，

而庄公不知禁，故此诗刺庄公也。也可将此诗视作写郑人猎狩之壮观。　②叔者，男子之字，周人尚叔。田：取禽也。　③上“乘”动词，下“乘”数之区别词也。　④组：犹今言丝绦也。　⑤驾车之属在衡外者曰“骖”。　⑥薮：泽也。⑦火：焚而射也。烈：炽盛貌。具：俱也。　⑧襢：通作“袒”；襢裼：脱去上身衣服。暴虎：空手搏虎也。　⑨将：往后之意。公之言也。狃：复也。　⑩戒：恐也。其：指虎也。女：与“汝”同。

叔于田，乘乘黄①。两服上襄②，两骖雁行③。叔在薮，火烈具扬。叔善射忌④，又良御忌。抑磬控忌⑤，抑纵送忌⑥。

①黄：黄马也。　②驾车之马在中央夹辕者名服马。上襄：高腾之貌。　③雁行（háng）：相并而差退也，如雁飞行之状。　④射：古读如树。忌：语助词。　⑤抑：发语词也。磬：骋马也。控：止马也。　⑥纵：谓发矢也。送：谓送矢也。纵矢之后，犹作送势。

叔于田，乘乘鸨①。两服齐首，两骖如手。叔在薮，火烈具阜②。叔马慢忌，叔发罕忌③。抑释掤忌④，抑鬯弓忌⑤。

①骊白杂毛曰“鸨（bǎo）”。　②阜：火烬也。　③发：发矢也。　④释：解也。掤（bīng）：矢筒盖也。　⑤鬯（chàng）：与“韔”

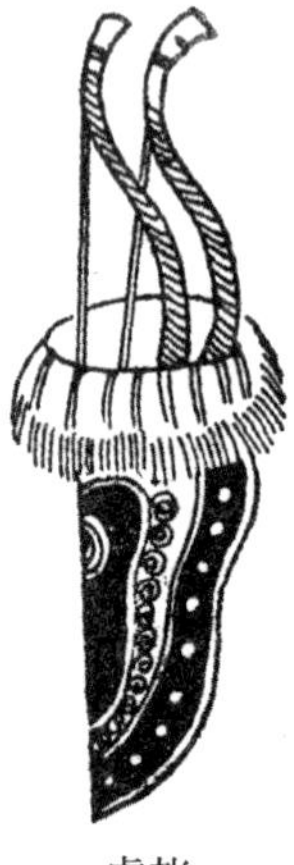

虎韔

同，弓囊也。此作动词用，纳弓囊中也。

淇　奥[①]

瞻彼淇奥[②]，绿竹猗猗[③]。有匪[④]君子，如切如磋，如琢如磨[⑤]。瑟兮僩兮[⑥]，赫兮咺兮[⑦]。有匪君子，终不可谖兮[⑧]！

①《毛诗正义》称此诗美武公之德也，有文章，又能听其规谏，以礼自防，故能入相于周，美而作是诗也。　②淇：水名，在河南林县东南。奥（yù）：水隈也。　③淇上多竹。猗猗：今音漪漪，古音阿阿，美盛貌。　④匪："斐"之假借，文章貌。　⑤切、磋、琢、磨：皆治器之名，骨谓之切，象谓之磋，玉谓之琢，石谓之磨。　⑥瑟：矜庄貌。僩（xiàn）：威严貌。　⑦赫：火赤貌。咺（xuǎn）：宣著貌。　⑧谖（xuān）：忘也。

瞻彼淇奥，绿竹青青[①]。有匪君子，充耳琇莹[②]，会弁如星[③]。瑟兮僩兮，赫兮咺兮。有匪君子，终不可谖兮！

①青青：或作"菁菁"，茂盛貌。　②古冠冕旁皆有瑱，下垂及耳，谓之充耳。琇（xiù）莹：美石也。天子玉瑱，诸侯以石。　③会（guài）：缝中也。弁之缝中，饰之以玉，状似星也。弁：

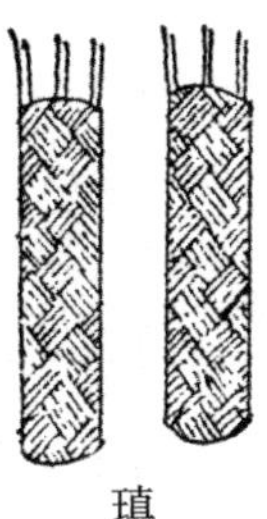
瑱

弁

冠名，古通常礼服用之。

瞻彼淇奥，绿竹如箦①。有匪君子，如金如锡②，如圭如璧③。宽兮绰兮④，猗重较兮⑤。善戏谑兮，不为虐兮。

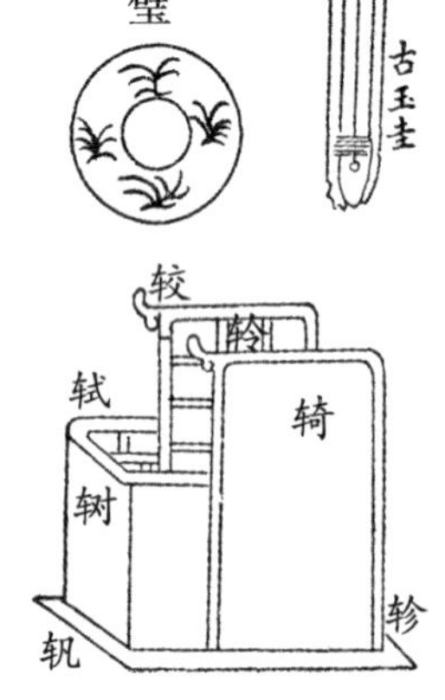

①箦（zé）：床席也。言其密也。　②金、锡：言其锻炼之精纯。　③圭：玉之剡上方下者。璧：玉之平圆形而有孔者，其径六寸。如圭如璧：言其生质之温润。　④绰（quē）：开大也。　⑤猗：当作“倚”。较（jiǎo）：车两輢上横木，向前钩曲反出者。其上钩以铜为之，故曰金耳，亦曰金较。周以此为卿士车饰，谓之重较。

七　月①

七月流火②，九月授衣③。一之日觱发④，二之日栗烈⑤。无衣无褐⑥，何以卒岁！三之日于耜⑦，四之日举趾⑧。同我妇子，馌彼南亩⑨，田峻至喜⑩。

①此诗写农人一年的劳作。全诗可分八章，前七章写为公家耕耘、养蚕、制作布帛、猎狩、修屋等，末后写为农人自己安排生活。　②七月：夏之七月也，下凡言月者仿此。火：古读如毁，二十八宿之一，即心宿也，古称大火，亦曰商星。以六月之

昏，加于地之南方，至七月之昏，其下而西流矣。　③授衣：谓可备御寒之衣也。　④一之日：一月之日也，周正以建子之月为一月。觱（bì）发：风寒也。二字叠韵。　⑤栗烈：气寒也。　⑥褐：粗布衣也。　⑦于耜：往修田器也。　⑧举趾：举足而耕也。　⑨馌（hé）：饷田功也。　⑩田畯：劝农之官也。此章衣食同述。

七月流火，九月授衣[1]。春日载阳[2]，有鸣仓庚[3]。女执懿筐[4]，遵彼微行[5]，爰求柔桑。春日迟迟[6]，采蘩祁祁[7]。女心伤悲，殆及公子同归[8]。

---

①以下言衣。　②载：始也。阳：温和也。　③仓庚：黄鹂也。庚：古读如冈。　④懿：深也。　⑤微行：小径也。行：读如杭。　⑥迟迟：长也。　⑦蘩：白蒿，所以生蚕，非啖蚕也。祁祁：众多也。　⑧殆：怕。及：与也。

七月流火，八月萑苇[1]。蚕月条桑[2]，取彼斧斨[3]，以伐远扬[4]，猗彼女桑[5]。七月鸣鵙[6]，八月载绩[7]。载玄载黄，我朱孔阳[8]。为公子裳。

---

①萑（huán）苇：即蒹葭也。　②蚕月：治蚕之月，三月也。条：为“挑”之假借；条桑：取桑叶也。　③斨（qiāng）：斧属。　④远扬：远枝扬起者。　⑤取叶存条曰“猗”。女桑：小桑也。　⑥鵙（júe）：伯劳，即鶗鴂也。　⑦绩：缉麻也。此言麻事，丝事毕而麻事起也。　⑧玄：黑而有赤之

色。朱：赤色。阳：明也。

四月秀葽①，五月鸣蜩②。八月其获③，十月陨萚④。一之日于貉⑤，取彼狐狸，为公子裘。二之日其同⑥，载缵⑦武功，言私其豵⑧，献豜⑨于公。

①不荣而实曰“秀”。葽（yào）：以《尔雅》《本草》证之，知其为远志。 ②蜩（tiáo）：蝉也。 ③获：刈谷也。兼言田事。 ④实坠曰“陨”。萚（tuō）：叶落也。 ⑤貉：似狸。于貉：往搏貉也。此言取皮。 ⑥其同：同出田也，谓冬田大合众也。 ⑦缵：继也。 ⑧言：语词也。私：言私之以为已有。豵（zōng）：一岁之猪也。 ⑨豜（jiān）：三岁之猪也。

五月斯螽动股①，六月莎鸡振羽②，七月在野③，八月在宇④，九月在户，十月蟋蟀入我床下⑤。穹窒熏鼠⑥，塞向墐户⑦。嗟我妇子，曰⑧为改岁，入此室处⑨。

①斯螽：蝗属。动股：振股作声也。以下兼言食住。 ②莎（suō）鸡：虫名，似蝗而色斑，翅数重，其翅正赤。振羽：以翅鸣也。 ③野：古读如墅。 ④宇：檐下也。 ⑤下：古读如户。 ⑥穹：穷也，穹穷双声。窒：塞也，窒塞双声。熏：以烟熏之也。 ⑦向：北出牖也。墐（jìn）：涂也。 ⑧曰：与“聿”同。 ⑨处：古读如杵。“同我妇子，馌彼南亩”，春令毕出在野也，“嗟我妇子，曰为改岁，入

此室处”，冬令毕而入于邑也。

六月食郁及薁①，七月亨葵及菽②。八月剥③枣，十月获稻。为此春酒④，以介眉寿⑤。七月食瓜⑥，八月断壶⑦，九月叔苴⑧，采荼薪樗⑨，食⑩我农夫。

---

①郁：棣属，一名雀李，一名车下李。薁（yù）：山葡萄也。②亨：与“烹”同。葵：菜名。菽：大豆也。 ③剥：“支”之假借，今字作“扑”。 ④春酒：冬酿春熟故名。此言为酒。 ⑤介：助也。寿则眉长，故曰眉寿。 ⑥瓜：古读如孤。 ⑦壶：葫芦瓜也。 ⑧叔：拾也。苴：有子麻也。⑨荼：苦菜也。薪：动词。樗（shū）：恶木可为薪也。⑩食（cì）：养活。

九月筑场圃①，十月纳禾稼②。黍稷重穋③，禾麻菽麦。嗟我农夫，我稼既同④。上入执宫功⑤。昼尔于茅⑥，宵尔索绹⑦，亟其乘屋⑧，其⑨始播百谷。

---

①圃：菜园。春夏之圃，至秋冬筑场以治谷，谓之筑场圃。②谷连槁秸曰“禾”；秀实在野曰“稼”。稼：古读如考。③先种后熟曰“重（chōng）”；后种先熟曰“穋（liù）”。④同：聚也。 ⑤上入：入为上也，出则为下。古者通谓民室为宫，因谓民室中事为宫事。功：事也。宫功：即宫事，下文于茅索绹，即宫事之一。 ⑥尔：语助。于茅：往取茅也。⑦索：纠绳也。绹：绳索也。此言治屋。 ⑧亟（qì）：速

也。乘：升也。 ⑨其：犹“将”也。

二之日凿冰冲冲①，三之日纳于凌阴②。四之日其蚤③，献羔祭韭④。九月肃霜⑤，十月涤场。朋酒斯飨⑥，曰杀羔羊。跻彼公堂⑦，称彼兕觥⑧，万寿无疆⑨！

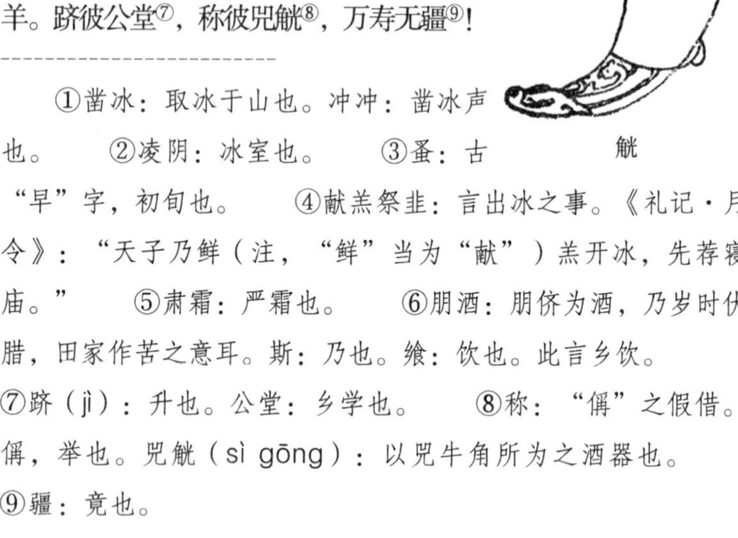
觥

①凿冰：取冰于山也。冲冲：凿冰声也。 ②凌阴：冰室也。 ③蚤：古“早”字，初旬也。 ④献羔祭韭：言出冰之事。《礼记·月令》：“天子乃鲜（注，“鲜”当为“献”）羔开冰，先荐寝庙。” ⑤肃霜：严霜也。 ⑥朋酒：朋侪为酒，乃岁时伏腊，田家作苦之意耳。斯：乃也。飨：饮也。此言乡饮。⑦跻（jì）：升也。公堂：乡学也。 ⑧称：“偁”之假借。偁，举也。兕觥（sì gōng）：以兕牛角所为之酒器也。⑨疆：竟也。

无 羊①

谁谓尔无羊？三百维群；谁谓尔无牛？九十其犉②。尔羊来思③，其角濈濈④；尔牛来思，其耳湿湿⑤。

①此牧歌也。 ②犉（chún）：牛七尺为犉。此写牛羊之众多。 ③思：语已词。 ④濈濈（jí）：聚角貌。一说，疑古本《毛诗》作戢戢，后人涉下湿湿，因误加水旁耳。

⑤湿湿：耳动貌。

或降于阿，或饮于池[①]，或寝或讹[②]。尔牧来思，何[③]蓑何笠，或负其糇。三十维物[④]，尔牲则具[⑤]！

①池：古读如陀。　②讹（wú）：当为“吪”，动也。③何：与“荷”同，披蓑衣戴斗笠。　④物：毛色也。⑤具：备也。此写牧人与牛羊。

尔牧来思，以薪以蒸[①]，以雌以雄[②]。尔羊来思，矜矜兢兢[③]，不骞不崩[④]。麾之以肱[⑤]，毕来既[⑥]升。

①细薪曰“蒸”。　②雄：古读如嬴。雌雄：字从隹，即鸟也，故以雌雄言鸟。　③矜矜：神健也。兢兢：行速也。④骞：亏损也。崩：群疾也。　⑤肱：臂也。　⑥既：尽也。

牧人乃梦：众维[①]鱼矣，旐维旟矣[②]。大人[③]占之：“众维鱼矣，实维丰年[④]；旐维旟矣，室家溱溱[⑤]。”

旐

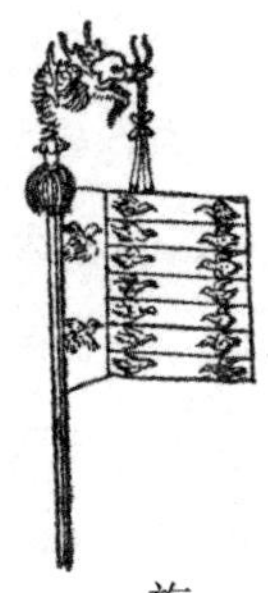
旟

①维：犹“其”也。　②维：犹“与”也。旐（zhào）：旗也，《周礼》：“龟蛇为旐。”旟（yú）：旗也，《周礼》：“鸟隼为旟。”旐旟所以聚众。　③大人：占

梦之官。 ④实：与“寔”同，是也。维：为也。 ⑤溱溱：众多也。

大 田[①]

大田多稼[②]，既种既戒[③]，既备乃事。以我覃[④]耜，俶载南亩[⑤]。播厥百谷，既庭且硕[⑥]。曾孙是若[⑦]。

①此田功歌也。或以为纪王者省敛之诗。 ②多稼：田大而种多也。 ③种（zhǒng）：择种也。戒：修耒耜也。 ④覃：“剡”之假借，利也。 ⑤此叙方春始种。 ⑥庭：直也。硕：大也。 ⑦曾孙：指时王也。若：择菜也，此处盖谓曾孙择其稼之善者而劝之，即省耕之谓也。

既方既皁[①]，既坚既好，不稂不莠[②]。去其螟螣[③]，及其蟊贼[④]，无害我田稚[⑤]。田祖[⑥]有神，秉畀炎火[⑦]。

①方：谷始生未实。皁（zào）：实未坚也。 ②稂（láng）：害苗之草。莠：似苗而害苗之草。 ③螟：食苗心之虫。螣（tè）：食叶之虫。 ④蟊（máo）：食根之虫。贼：食节之虫。此叙夏耘除害。 ⑤稚：幼禾也。 ⑥田祖：先啬也，谓始耕田者，神农是也。 ⑦秉：持也。畀（bì）：付也。火：古读如毁。

有渰萋萋[①]，兴雨祁祁[②]。雨我公田[③]，遂及我私[④]。彼有不获稚[5]，此有不敛穧[6]。彼有遗秉[7]，此有滞穗[8]，伊寡妇之利[9]！

---

①渰（yǎn）：云雨貌。萋萋：即凄凄，云雨起貌。②祁祁：云盛貌。　③古井田之法，中一区为公田，其外八区为私田。　④私：即私田也。　⑤不获稚：未刈者也。⑥穧（jì）：获刈也。不敛穧：刈而未敛者也。　⑦遗秉：谓连槁之禾把也。秉：把也。　⑧滞穗：谓去槁之禾实也。此叙秋成收获。　⑨伊：犹是也。山东农家于刈获时必留亩一角，令贫户取之以为利，犹古遗风欤！

曾孙来止，以其妇子，馌[1]彼南亩，田畯[2]至喜。来方禋祀[3]，以其骍[4]黑，与其黍稷。以享以祀，以介景福[5]。

---

①馌（yè）：往田野送饭。　②田畯：劝农之官也。　③禋（yīn）：升烟以祭，祭天的典礼。来方禋祀：以其所至之方而禋祀也。　④骍：赤色牲也。　⑤景：大也。福：古读如偪。此叙省敛禋祀。

楚　茨[1]

楚楚者茨[2]，言抽其棘[3]。自昔何为[4]？我蓺[5]黍稷。我黍与与，我稷翼翼[6]。我仓既盈，我庾维亿[7]。以为酒食，以飨[8]以祀，以妥以侑[9]，以介景福。

①此诗叙祭事最详，盖古王者尝烝之祭。又《毛诗正义》：“楚茨，刺幽王也，政烦赋重，因莱多荒，饥馑降丧，民卒流亡，祭祀不飨，故君子思古焉。” ②楚楚：茨棘貌。茨（cí）：蒺藜也，三角刺人。 ③言：语词也。抽：除也。棘：丛生，木坚色赤，刺粗而长。 ④昔：言昔先王教民芟除茨棘也。⑤我：主人自我也。蓺（yì）：种植。 ⑥与与，翼翼：并蕃盛貌。 ⑦庾：仓之无屋者。亿：盈，满。此叙祭前主人之言。 ⑧飨：献也。 ⑨妥：安坐也，盖祭祀筮族人之子为尸，既奠，迎之使处神坐，而拜以安之也。侑（yòu）：劝也。

济济跄跄[①]，絜[②]尔牛羊，以往烝尝[③]。或剥或亨[④]，或肆或将[⑤]。祝祭于祊[⑥]，祀事孔明[⑦]。先祖是皇[⑧]，神保是飨[⑨]。孝孙有庆[⑩]，报以介福，万寿无疆！

①济济跄跄：言有容也。 ②絜：古“洁”字。 ③冬祭曰“烝”，进品物也。秋祭曰“尝”，尝新谷也。 ④亨：同“烹”。 ⑤肆：陈之也。将：奉持而进之也。二句言荐牲。⑥祝：祭时读祝文者。祊（bēng）：古读如方，庙门内也。正祭时祭神于庙，复求神于庙门内也。盖以庙门之内，皆祖宗神灵所凭依，孝子不知神之所在，于其祭也，祝以博求之。此言求神。⑦明：古读如萌，犹备也。 ⑧皇：徨，往也。 ⑨神保：二字连读，为神之嘉称，犹《楚辞》或言灵，或言灵保，灵保亦灵也。此主人初献。 ⑩孝孙：主祭人也。庆：古读如羌。

执爨踖踖[①]，为俎[②]孔硕。或燔或炙[③]，君妇莫莫[④]。为豆孔庶[⑤]。为宾为客[⑥]，献酬交错[⑦]。礼仪卒度[⑧]，笑语卒获[⑨]。神保是格[⑩]，报以介福，万寿攸酢[⑪]。

①爨（cuàn）：灶也。踖踖（jí）：敬也。②俎：礼器，用以荐牲者。③燔（fán）：烧肉也。炙：炮肉也。④君妇：主妇也。莫莫：清静敬谨也。⑤庶：多也。此主妇亚献。⑥为：犹“有”也。宾、客：助祭者。此言宾三献。⑦主人酌宾曰“献”；宾饮主人曰“酬”。⑧卒：尽也。度：法度也。⑨获：得宜也。⑩格：“佫”之假借。佫（gé）：来，至也。⑪酢：报也。此章与上章叙祭事。

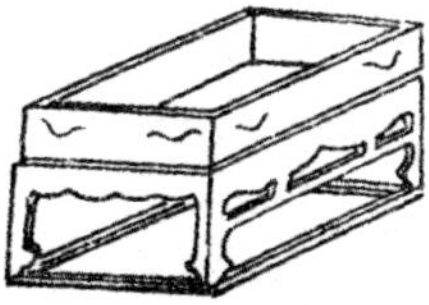

俎

我孔熯矣[①]，式礼莫愆。工祝致告[②]：“徂赉孝孙[③]。苾芬[④]孝祀，神嗜饮食。卜尔百福[⑤]，如几如式[⑥]。既齐既稷[⑦]，既匡既敕[⑧]。永锡尔极[⑨]，时[⑩]万时亿。”

①熯（shàn）：敬也。②工祝：犹祝官也。致告：祝致神意于主人也。下即祝致神语。③徂：读为且，古徂、且声通。赉（lài）：予也，即下文之卜尔也。④苾（bì）芬：香也。⑤卜：予也，⑥如几：犹言如期，几：“期”之假借。如式：犹俗言照样式谓祭祀之式也。⑦齐：整也。稷：疾也，“亟”之假借。⑧匡：正也。敕：戒也。⑨极：谓皇极之福也。⑩时：是也。

礼仪既备，钟鼓既戒[①]。孝孙徂位[②]，王祝致告[③]：“神具[④]醉止，皇[⑤]尸载起。鼓钟送尸，神保聿归[⑥]。诸宰君妇[⑦]，废彻不迟[⑧]。诸父兄弟，备言燕私[⑨]。”

---

①戒：亦备也。 ②徂位：祭事既毕，主人往阼（zuò）阶——东阶——下西面之位也。 ③致告：祝传尸意，告利成——利，养也，成，毕也，言养礼毕也——于主人也。 ④具：俱也。 ⑤皇：尊称之也。 ⑥尸（shī）：代表死者或神灵受祭的活人。此言送尸归神。 ⑦诸宰君妇：诸宰膳夫之属。 ⑧此言彻馔，诸宰彻去诸馔，君妇彻笾豆而已。 ⑨燕私：祭祀毕，归宾客之俎，同姓则留与之宴，所以尊宾客亲骨肉也。

乐具入奏[①]，以绥[②]后禄。尔殽既将[③]，莫怨具庆[④]。既醉既饱，小大稽首[⑤]。神嗜饮食，使君寿考。孔惠孔时[⑥]，维其尽之。子子孙孙，勿替引之[⑦]！

---

①入奏：奏于寝也。凡庙之制，前庙以奉神，后寝以藏衣冠，祭于庙而宴于寝。 ②绥：安也。 ③将：美也。 ④庆：古读如羌。此叙入宴。 ⑤稽首：至敬之礼，头至地也。 ⑥惠：顺也，顺于礼也。时：善也。 ⑦替：废也。引：长也。

常　武[①]

赫赫明明，王命卿士，南仲大祖[②]，大师皇父[③]："整我六师，以修我戎[④]；既敬既戒，惠此南国。"

①此纪宣王伐徐之诗。诗中无常武二字，此为特立篇名者。　②卿士：官名，主卿之执政者。南仲：一作"南中"。大祖：太祖庙也。言王于太祖庙命南仲为卿士也。今命皇父平淮夷，故特命南仲为卿士。　③大师：官名，皇父之兼职也。皇父：尹氏，即下章所云王谓尹氏也。　④戎：古读如汝。此言选将。

王谓尹氏，命程伯休父[①]："左右陈行，戒我师旅[②]；率彼淮浦[③]，省此徐土[④]。不留不处[⑤]，三事就绪[⑥]。"

①程：国名。伯：爵位名。休父：名也。　②军礼，司马掌誓戒，此谓"戒我师旅"，则命休父为司马也。　③率：循也。淮浦：旁淮水之涯也。以下数语为誓师。　④《尚书·禹贡》："海岱及淮维徐州。"周合其地于青州，江苏旧徐州府及邳县，山东旧兖州府，安徽之宿县、泗县皆其地。　⑤不：发声也。留：古刘字，杀也，诛其君也。处：安其民也。　⑥三事：为之立三有事之臣也，大国三卿，皆命于天子。绪：业也。就绪：即就业，谓三卿皆有职司于王室。

赫赫业业，有严天子。王舒保作[①]，匪绍匪游[②]，徐方绎骚[3]。震惊徐方，如雷如霆，徐方震惊。

①舒：徐也。保：安也。作：行也。军法日行三十里。 ②绍：训为缓。匪绍匪游：谓非懈缓也，亦非遨游也。 ③绎骚：震动也。绎，一作“驿”。此言行军。

王奋厥武，如震如怒。进厥虎臣，阚如虓虎[1]。铺敦淮濆[2]，仍执丑虏[3]，截[4]彼淮甫，王师之听。

①阚：愤怒貌。虓：“哮”之本字，虎声也。 ②铺：陈也，“敷”之假借。敦：读为屯，聚也。濆（fén）：涯也。 ③仍：因也。《说文》：“因，就也。”此言执虏。 ④截：治也。

王旅啴啴[1]，如飞如翰[2]，如江如汉，如山之苞，如川之流。绵绵翼翼[3]，不测不克[4]，濯征徐国[5]。

①啴啴（tān）：盛也。 ②翰：亦飞也。 ③绵绵：长也。翼翼：盛也。 ④测：当为“侧”之假借。不侧者，谓其师不隐伏也。克：通作“剋”。剋，急也。不克者，谓其师不急迫也。 ⑤濯：大也。此言痛剿。

王犹允塞[1]，徐方既来[2]。徐方既同[3]，天子之功。四方既平，徐方来庭[4]。徐方不回[5]，王曰还归[6]。

①犹：古通“猷”，谋也。允：信也。塞：实也。 ②来：犹“归”也。 ③同：会合也。 ④来庭：来王庭也。 ⑤回：违也。 ⑥还：同“旋”。此言凯还。

韩 奕[①]

奕奕梁山[②]，维禹甸之[③]。有倬[④]其道，韩侯受命[⑤]。王亲命之：“缵戎祖考[⑥]，无废朕命！夙夜匪解[⑦]，虔共尔位！朕命不易[⑧]，榦不庭方[⑨]，以佐戎辟[⑩]。”

①此纪韩侯入觐，王便道亲迎之诗。 ②奕奕：大也。梁山：韩之镇也，在今陕西韩城。 ③甸：治也。 ④倬：明也。 ⑤韩侯初立，受命为诸侯。 ⑥缵：继也。戎：汝也。 ⑦解：同“懈”。 ⑧易：去声。 ⑨榦（gàn）：正也。不庭方：不朝见于周的方国。 ⑩辟（bì）：君也。此章言韩侯受命。

四牡奕奕，孔修且张[①]。韩侯入觐[②]，以其介圭[③]，入觐于王。王锡韩侯，淑旂绥章[④]，簟茀错衡[⑤]，玄衮赤舄[⑥]，钩膺镂锡[⑦]。鞹鞃浅幭[⑧]，鞗革金厄[⑨]。

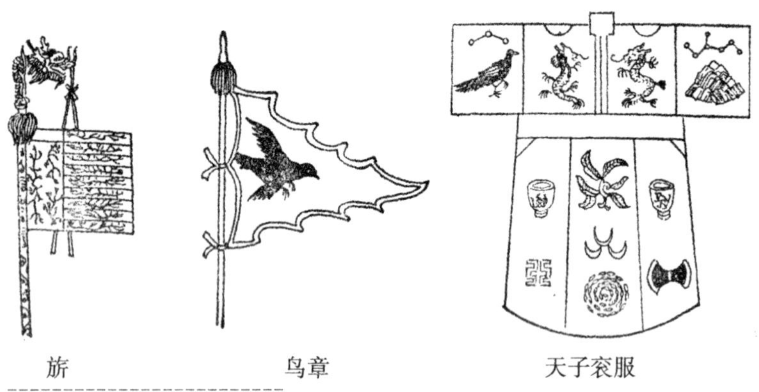

旂 鸟章 天子衮服

①修：长也。张：大也。 ②诸侯见天子曰“觐”。 ③介圭：大玉也。 ④淑：善也。淑旂：善色之旂。绥：文貌。章：鸟章。绥章：有文之鸟章也。 ⑤簟：方纹漆席也。茀：车蔽。簟茀：言以方纹漆席为车之蔽也。错：涂金也。衡：古读如杭，衡轭也，所以贴马颈者。错衡：言涂金之衡轭也。 ⑥衮：古上公之服。舄：履也。 ⑦钩膺：马腹带也，以毛毡织物饰之。镂：马额饰。镂锡：刻金之马额饰也。 ⑧鞹（kuò）：去毛之皮。鞃（hóng）：谓以皮包扎车轼也。浅：浅毛虎皮。幭（mì）：覆轼也。谓以浅毛之皮为覆轼也。 ⑨鞗（tiáo）革：辔首也。金厄：以金为环，缠搤辔首也。此章谓韩侯受锡。

韩侯出祖①，出宿于屠②。显父饯之③，清酒百壶。其殽④维何？炰鳖鲜鱼⑤。其蔌⑥维何？维笋及蒲⑦。其赠维何？乘马路车⑧。笾豆有且⑨，侯氏燕胥⑩。

①祖：祭名，出行时以祭路神也。 ②屠：地名。

③显父：周之卿士。饯：以酒食送行也。　④殽：动物类食品也。　⑤炰（páo）：裹烧食物也。新杀谓之“鲜”。　⑥蔌（sù）：蔬类食品也。　⑦蒲：即香蒲也。　⑧路车：人君所坐之车也。　⑨且：古读如租，多貌。　⑩侯氏：觐礼，诸侯来朝者之称。胥：与须双声，古通用，意所欲也。燕胥：犹宴乐也。此章言祖饯。

韩侯取妻，汾王[①]之甥，蹶父[②]之子。韩侯迎止，于蹶之里。百两彭彭[③]，八鸾[④]锵锵，不[⑤]显其光。诸娣从之，祁祁如云。韩侯顾之，烂其盈门[⑥]。

①汾王：大王，指厉王。　②蹶父（guǐ fǔ）：周宣王卿士，姓姞。　③彭：古读如旁。　④鸾：铃也。四马则八鸾也。　⑤不：语词。　⑥此章亲迎。

蹶父孔武，靡国不到。为韩姞相攸[①]，莫如韩乐。孔乐韩土，川泽訏訏[②]，鲂鱮甫甫[③]，麀鹿噳噳[④]，有熊有罴，有猫[⑤]有虎。庆既令居[⑥]，韩姞燕誉[⑦]。

①姞（jí）：蹶父姓。攸：所也。相攸：相择可嫁之所也。②訏訏（xǔ）：大也。　③鲂：鳊鱼也。鱮：即鲢鱼也。甫甫：大也。　④麀（yōu）：牝鹿也。噳噳（yǔ）：聚集貌。⑤猫：俗称山猫。　⑥庆：喜也。令：善也。　⑦此章极写韩国。

溥[①]彼韩城，燕师所完[②]。以先祖受命，因时百蛮[③]。王锡韩侯：其追其貊[④]，奄[⑤]受北国，因以其伯。实墉实壑[⑥]，实亩实籍[⑦]。献其貔皮[⑧]，赤豹黄罴。

①溥：大也。 ②燕：召公之国，韩初封时，王命以其众为筑此城。 ③时：是也。百蛮：蛮服之国，指北方言。 ④追貊：戎狄国也。 ⑤奄：抚也。 ⑥实：同“寔”，是也。墉：城也。壑：池也。 ⑦籍：税也。 ⑧貔：豹属。皮：古读如婆。

生 民[①]

厥初生民[②]，时维姜嫄[③]。生民如何？克禋克祀，以弗无子[④]。履帝武敏[⑤]，歆，攸介攸止[⑥]！载震载夙[⑦]，载生载育，时维后稷。

①此周家史诗也，咏后稷事至异，盖当日相传之神话也。 ②民：人也，谓周人也。 ③时：是也。维：为也。姜嫄：帝喾之妃，后稷之母。 ④弗无子：有子也。 ⑤帝：神也。武：足迹也。敏：古读如弭，拇也，敏拇双声，故可假借通用。姜嫄出野，见巨人迹，心忻然悦，迹之而有身，详见《史记·周本纪》。 ⑥歆之言忻，即《史记》所云忻然欲践之也。介之言界，谓别居也。《大戴礼·保傅》篇载王后腹之七月而就宴室。止，处也。此言受孕。 ⑦震：胎动也。夙：早也。

诞弥厥月①，先生如达②。不坼不副③，无菑无害④。以赫厥灵，上帝不⑤宁？不康禋祀？居然生子！

①诞：发语词，下同。弥：终也，终十月之期也。　②达：盖“羍”之假借。羍：小羊也。凡婴儿在腹中，皆有皮以裹之，俗所谓胞衣，生时其衣先破，儿体手足少舒，故生之难。羊子之生，胞仍完具，坠地而后母羊为破之，故其生易。后稷生时，盖藏于胞中，形体未露，有如羊子之生者，故言“如达”。下言不坼不副，盖谓其胞衣之不破裂也。　③坼（chāi）：开。副（pī）：剖分。　④菑：古“灾”字。害：古语如曷。此言诞生。　⑤不：语词，下句同。

诞寘①之隘巷，牛羊腓字之②。诞寘之平林，会伐平林③。诞寘之寒冰，鸟覆翼之④。鸟乃⑤去矣，后稷呱矣⑥。实覃实讦⑦，厥声载⑧路。

①寘（zhì）：置也。　②腓（féi）：庇也。字：乳也。③会：值也。言徙置林中，适会林中多人，乃又迁弃渠中冰上。④覆翼：用翅膀覆盖。　⑤乃：犹“则”也。　⑥呱：小儿啼声也。于是知有天异，往取之，后稷遂呱呱而泣。　⑦覃：长也。讦（xū）：大也。　⑧载：满也。

诞实匍匐①，克岐克嶷②，以就口食③。蓺之荏菽④，荏菽旆旆⑤。禾役穟穟⑥，麻麦幪幪⑦，瓜瓞唪唪⑧。

---

①匍匐：手足并行也。②岐：知意也。嶷（yè）：当作“啜”，小儿有知也。嶷，乃浅人依岐字偏旁改之耳。③就：成也。口食：众口之食也。此言后稷幼慧，自小便知教民稼穑也。④荏菽：大豆也。⑤旆旆（pèi）：长大貌。⑥禾役：禾穗。役，当作“颖”，即禾穗。穟穟（suì）：禾穗下垂貌。⑦幪幪（méng）：茂密也。⑧瓞（dié）：瓜之小者。唪唪（běng）：多实也。

诞后稷之穑，有相之道[①]。茀[②]厥丰草，种之黄茂[③]。实方实苞[④]，实种实褎[⑤]，实发实秀[⑥]，实坚实好，实颖实栗[⑦]，即有邰家室[⑧]。

---

①后稷成人，遂好耕农，相地之宜，宜五谷者稼穑焉。“有相之道”，当为“有相视之道”也。②茀：拔也。③黄茂：嘉谷也。茂：古读如耄。④方：始也，始生苗也。苞：始生苗，包而未舒也。⑤种：上声，出地短也。褎（yòu）：枝叶长也。⑥发：发茎也。秀：成穗也。⑦颖：禾末也，言其穗重而颖垂也。栗：众多也。⑧即：就也，成也。邰（tái）：后稷所封国，在陕西武功境。此言其稼穑创业。

诞降嘉种，维秬维秠[①]，维穈维芑[②]。恒之秬秠，是获是亩[③]；恒[④]之穈芑，是任是负[⑤]。以归肇祀[⑥]。

---

①秬（jù）：黑黍也。秠（pī）：一壳有两粒米。②穈（mén）：

赤粱粟也。芑（qǐ）：白粱粟也。　③亩：作动词用。④恒：“亘”之假借字，遍也。　⑤任：肩负也。负：古读如尾。　⑥肇：始也。祀：祀天以谢今秋成熟并祈来年再丰也。此章言重农肇祀。

诞我祀如何？或舂或揄[1]，或簸或蹂[2]。释之叟叟[3]，烝之浮浮[4]。载谋载惟[5]，取萧祭脂[6]。取羝以軷[7]，载燔载烈。以兴嗣[8]岁。

①揄（yóu）：取米出臼也。　②簸：扬去糠皮。蹂（róu）：古以手重擦米也。　③释：洗米也。叟叟：声也。　④浮浮：气也。　⑤惟：亦谋也，卜日也。　⑥萧：蒿也。脂：血也。　⑦羝（dī）：牡羊也。軷（bá）：祭行道之神也。冬月阴往阳来，故有此祭，非有远行也。　⑧嗣：继也。

卬[1]盛于豆，于豆于登[2]，其香始升。上帝居歆[3]，胡臭亶时[4]！后稷肇祀，庶无罪悔，以迄于今。

登

①卬：古“仰”字。仰，举也。　②瓦器曰“登”。③居：语词。歆：享也，谓神享其气也。　④臭：香也。亶：信也。时：善也。

公　刘[1]

笃公刘[2]，匪居匪康[3]。乃埸乃疆[4]，乃积乃仓[5]；乃裹糇粮，于橐于囊。思辑用光⑥，弓矢斯⑦张，干戈戚扬⑧，爰方启行⑨。

干

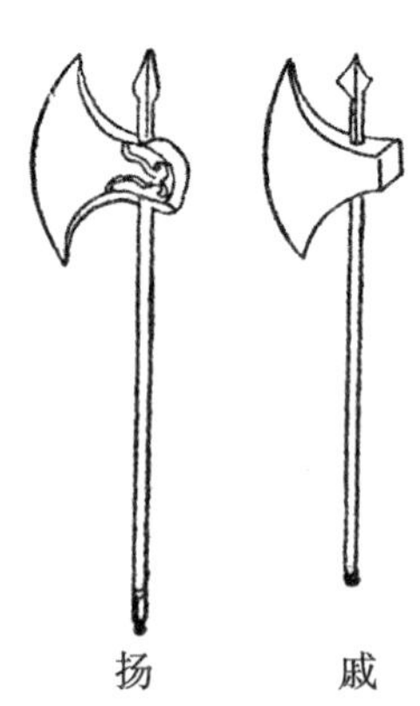
扬 戚

①此周家史诗也，咏公刘迁豳事。 ②笃：厚也。公刘：后稷之曾孙也。 ③居：安也。康：宁也。 ④乃：犹“于是”也。埸（yì）：田小界也，作动词用；下“疆”、“积”、“仓”均同。疆：田大界也。 ⑤积（zǐ）：即庾也，无屋之仓也。 ⑥辑：和也，和其民也。光：显也。 ⑦斯：犹“乃”也。 ⑧干：盾也。戈：古兵器。戚：古兵仗。扬：大斧也。 ⑨爰：于是也。启行：《史记·刘敬传》云，周之先自后稷，尧封之邰，积德累善，十有余世，公刘避桀居豳。此言始迁。

笃公刘，于胥斯原①。既庶既繁，既庶乃宣②，而③无永叹。陟则在巘④，复降在原。何以舟之⑤？维玉及瑶，鞞琫容刀⑥。

鞞

---

①胥：相也。原：豳原也。 ②宣：畅也。 ③而：乃也。 ④巘（yǎn）：山顶也。此言相地。 ⑤舟：带也。或疑舟即“服”字脱其半。 ⑥鞞（bǐng）：刀鞘也。琫（běng）：刀上玉饰。容刀：佩刀也。佩刀有容饰，故曰容刀。此描写公刘佩饰。

笃公刘，逝彼百泉①，瞻彼溥②原。乃陟南冈，乃觏于京③。京师之野④。于时⑤处处，于时庐旅，于时言言，于时语语。

---

①百泉：水名，未详，疑近豳。 ②溥：大也。③京：豳国地名，古读如姜。此言营建邑居。 ④师者：都邑之称，京师如洛邑之称洛师。野：古读如墅。 ⑤于时：即于是。

笃公刘，于京斯依。跄跄济济，俾筵①俾几，既登乃依②。乃造其曹③。执豕于牢④，酌之用匏⑤。食⑥之饮之，君之宗之⑦。

---

①筵：竹席也。铺于地上者为筵，加于筵上者为席。②登：登席也。依：依几也。 ③造：“祰”之假借。祰，告祭也。曹：“褿”之省借，祭豕先曰“褿”。将执豕而先告祭于豕先，犹将差马而先祭马祖也。 ④牢：此指猪圈。 ⑤匏：即瓠，干之，以为饮器。 ⑥食：读如嗣。 ⑦宗：主也。四“之”字指群臣，言公刘飨群臣也。此叙落成宴饮。

笃公刘，既溥既长，既景乃冈[①]，相其阴阳，观其流泉。其军三单[②]，度其隰原[③]，彻田为粮[④]。度其夕阳[⑤]，豳居允荒[⑥]。

①景：日影也，作动词用，测日影以正方向也。冈：作动词用，登冈相视也。　②单：单处之谓。承上相其阴阳，观其流泉言之，谓分其军，或居山之阴，或居山之阳，或居流泉之旁。此言屯军。　③下湿曰“隰”，高原曰“原”。　④彻：通也。通计田之上下以为粮也。此言立赋。　⑤夕阳：山之西也。　⑥允：语助。荒：大也。

笃公刘，于豳斯馆[①]。涉渭为乱[②]，取厉取锻[③]。止基乃理[④]，爰众爰有[⑤]。夹其皇涧，溯其过涧[⑥]。止旅乃密[⑦]，芮鞫之即[⑧]。

①馆：客舍也，　②乱：舟之截流横渡也。　③厉：砥也。锻：铁也。豳当渭之北，厉锻产于渭南诸山，涉渭中渡而取厉锻，是为乱也。　④止：犹“既”也。基：定也。理：疆理也。　⑤有：古读如以。　⑥皇、过：二涧名。溯：逆流上也。　⑦旅：众也。“密”“宓”声相近。宓，安也。
⑧芮鞫（jū）：水涯之弯曲处。即：就也。言从迁民众就水涯之弯曲处而安居也。此叙扩土聚民。

讽刺诗

鹤　鸣[1]

鹤鸣于九皋[2]，声闻于野[3]。鱼潜在渊，或在于渚。乐彼之园，爰有树檀[4]，其下维萚[5]。他山之石，可以为错[6]！

①此有所讽也，教宣王求贤人之未仕者。一说，不可知其所由，必陈善纳诲之辞也。　②九皋：九折之泽也，泽曲曰“皋”。　③野：古读如墅。　④檀：木名，有黄白二种。　⑤萚（tuò）：软枣树。另说，落下的树叶。　⑥错：砺石也。

鹤鸣于九皋，声闻于天。鱼在于渚，或潜在渊。乐彼之园，爰有树檀，其下维榖[1]。他山之石，可以攻玉。

①榖：构树。形略似楮，皮可为布为纸，叶可食。《说文》榖从木，非从禾也。

山有枢[1]

山有枢[2]，隰有榆[3]。子有衣裳，弗曳弗娄[4]。子有车马，弗驰弗驱。宛[5]其死矣，他人是愉[6]！

---

①《毛诗正义》云：《山有枢》刺晋昭公不能修道用财以正其国，政荒民散，将以危亡，曰邻谋取其国家而不知。或以此讽唐人毋太俭也。 ②枢：刺榆也，其针刺如柘，其叶如榆。 ③榆：白榆也。 ④娄：古读如闾，牵也。 ⑤宛：即“菀”之假借，枯病也。 ⑥愉：乐也。

山有栲[1]，隰有杻[2]。子有廷内[3]，弗洒弗扫。子有钟鼓，弗鼓弗考[4]。宛其死矣，他人是保！

---

①栲：古读如糗，山樗也，似漆树。 ②杻（niǔ）：木名，可为弓材。 ③廷内：谓庭与堂室也。

山有漆，隰有栗。子有酒食，何不日鼓瑟。且以喜乐，且以永日。宛其死矣，他人入室！

敝笱[1]

敝笱[2]在梁，其鱼鲂鳏[3]。齐子归止[4]，其从如云。

---

①此刺鲁桓公不能防闲文姜也，以敝笱不能制大鱼为比。文姜，齐襄公之妹，鲁桓公之妻，与襄公通之。 ②笱（gǒu）：罟也。《说文》：笱，曲竹捕鱼。 ③鲂鳏（fáng guān）：大鱼也。 ④归：反归于齐也。《春秋》鲁桓公十八年，公与夫

人姜氏如齐。

敝笱在梁，其鱼鲂鱮[1]。齐子归止，其从如雨。

①鱮（xù）：即鲢鱼，厚而头大。

敝笱在梁，其鱼唯唯[1]。齐子归止，其从如水。

①唯唯：出入而无所忌之貌。

新　台[1]

新台有泚[2]，河水浼浼[3]。燕[4]婉之求，籧篨不鲜[5]。

①此刺卫宣公也。宣公为其子伋娶于齐，而闻其美，欲自娶之，乃作新台于河上而要之。国人恶而作此。　②新台：在濮州鄄城东北，北去河四里。鄄城，山东西南。泚（cǐ）：水中台影鲜明之貌。　③浼浼（mǐ）：水深满也。　④燕：好貌，指伋也。　⑤籧篨（qú chú）：有残疾不能俯身的人。喻宣公也。鲜：古读如犀。

新台有洒[1]，河水浼浼[2]。燕婉之求，籧篨不殄[3]。

①洒：古读如铣，与洗双声。古通用，洗者，鲜也。②浼：古读如免。浼浼：水流平貌。　③殄：与“珍”古字同。珍，美也。

鱼网之设，鸿则离之[1]。燕婉之求，得此戚施[2]。

①离：读为丽，古音罗。鱼网所以求鱼，今得鸿，所得非所求也。 ②戚施：驼背，另说蟾蜍以四足着地，因无颈不能仰视。

陈说诗

常　棣[①]

常棣之华[②]，鄂不韡韡[③]。凡今之人，莫如兄弟！

①此古燕兄弟之乐歌，陈兄弟所以相亲厚之词。　②常棣：木名，叶狭长，实如樱桃而圆，有微毛。　③鄂：同“萼”，花苞也，在花瓣外部。不：读若肤，花蒂也。韡韡（wěi）：繁盛貌。

死丧之威[①]，兄弟孔怀。原隰裒矣[②]，兄弟求矣。

①威：畏也。言死丧可畏之事。　②原隰：陵谷也。裒（póu）：与“褒”同，长也。

脊令在原[①]，兄弟急难。每有[②]良朋，况也永叹[③]。

①脊令：鹡鸰，一种水鸟，其性飞则鸣，行则摇，失水在原，鸣摇更甚，兄弟之急难者似之。　②每有：犹“虽有”也。　③况：滋也，益也。言徒滋永叹而已。

兄弟阋[①]于墙，外御其务[②]。每有良朋，烝也无戎[③]。

①阋（xī）：相忿争也。 ②务："侮"之假借。③烝：众也。戎：助也。一说疑古有汝音。

丧乱既平，既安且宁。虽有兄弟，不如友生！[①]

①此章或以为反言，或以为追思。自第三章至此章，举朋友以明兄弟之当亲。

傧尔笾豆[①]，饮酒之饫[②]。兄弟既具[③]，和乐且孺[④]。

①傧：陈也。笾：古之竹制食器，祭祀燕享用之。豆：古礼器，以木为之。古读如渡。 ②饫（yù）：饱也。 ③具：俱也。 ④孺：小儿慕父母之状也。

笾

豆

妻子好合，如鼓瑟琴。兄弟既翕[①]，和乐且湛[②]。

①翕（xī）：合也。 ②湛（zhàn）：乐之久也。

宜尔室家[①]，乐尔妻帑[②]。是究是图[③]，亶其然乎[④]！

①家：古读如姑。 ②帑：与“孥”同。 ③究：穷也。图：谋也。 ④亶（dǎn）：信也。自第六章至此章，举妻子以明兄弟之当厚。

宾之初筵①

宾之初筵②，左右秩秩③。笾豆有楚④，殽核维旅⑤。酒既和旨⑥，饮酒孔偕⑦。钟鼓既设，举酬逸逸⑧。大侯既抗⑨，弓矢斯⑩张。射夫既同⑪，献尔发功⑫。发彼有的⑬，以祈尔爵⑭。

爵

①此卫武公戒酒之作，写酒客醉态，曲绘无遗。 ②初筵：初即席也。铺陈曰筵，藉之曰席。 ③左右：宾主揖让也。秩秩：有序也。散起无韵。 ④楚：列貌。 ⑤殽：菜肴，指豆中所盛鱼肉等。核：干果之属。旅：古读如鲁，通“胪”，陈设。 ⑥和旨：指酒口感柔和，味美。 ⑦偕：古读如几，多而齐也。 ⑧酬：爵也。逸逸：往来有序也。 ⑨抗：张也。 ⑩斯：犹“乃”也。⑪同：取耦也。射礼，选群臣为三耦，二人称耦，三耦之外，其余各自取匹，谓之众耦。 ⑫发功：发，射箭。功，技能。⑬有：语助也。的：古读如照，质也，侯中所画之地为质。⑭祈：求也。尔：射耦相谓也。射之礼，胜者饮不胜者之酒，故曰祈尔爵也。此章言因射而饮者之威仪。

籥舞笙鼓[①]，乐既和奏，烝衎烈祖[②]，以洽[③]百礼。百礼既至，有壬有林[④]。锡尔纯嘏[⑤]，子孙其湛[⑥]。其湛曰[⑦]乐，各奏尔能[⑧]。宾载手仇[⑨]，室人入又[⑩]。酌彼康爵，以奏尔时[⑪]。

---

①籥（yuè）：乐器，似笛而短。籥舞：秉籥而舞，与笙鼓相应也。 ②烝：进也。衎（kàn）：乐也。 ③洽：合也。 ④壬：大也。林：盛也。 ⑤锡尔：尸致主人之词。纯嘏（gǔ）：大福也。 ⑥其：犹"乃"也。湛：久也。 ⑦曰：聿也，语词。 ⑧各奏尔能：谓子孙各呈献其将事之能，洗爵以献尸也。 ⑨载：语词。仇（jū）：挹取酒也。 ⑩室人：室中有事者，谓佐食也。又：古读如肄，加爵也。 ⑪时：射中者。此章言因祭而饮者之威仪。

籥

宾之初筵，温温其恭。其未醉止，威仪反反[①]。曰既醉止，威仪幡幡[②]。舍其坐迁，屡舞仙仙[③]。其未醉止，威仪抑抑[④]。曰既醉止，威仪怭怭[⑤]。是曰既醉，不知其秩[⑥]。

---

①反反：顾礼也。 ②幡幡：失威仪也。 ③仙仙：通"跹跹"，舞姿轻盈貌。 ④抑抑：慎密也。 ⑤怭怭（bì）：轻薄亵慢貌。 ⑥自此章以下，言饮酒之失。

宾既醉止，载号载呶[①]，乱我笾豆，屡舞僛僛[②]。是曰既醉，不知其邮[③]。侧弁之俄[④]，屡舞傞傞[⑤]。既醉而出，并受其福。醉而不出，是谓伐德[⑥]。饮酒孔嘉，维其令仪[⑦]！

①呶（náo）：喧哗。 ②僛僛（qī）：倾侧之状。 ③邮：古读如怡，与“尤”同，过失。 ④俄：顷也。 ⑤傞傞（cuō）：盘旋不休貌，形容醉态。 ⑥伐德：害德也。 ⑦令仪：古读如俄。

凡此饮酒，或醉或否。既立之监[①]，或佐之史[②]。彼醉不臧[③]，不醉反耻。式勿从谓[④]，无俾大怠。匪言勿言，匪由勿语[⑤]。由醉之言，俾出童羖[⑥]。三爵不识[⑦]，矧敢多又[⑧]！

①监：司正也，即纠仪。 ②史：所以佐监者也。 ③此句下俱设为监史告戒之言。 ④式：语词。勿从谓：监史告不醉者也。凡人见醉者多随其意而谓之，使醉者益放肆而至于大怠，故戒其勿如此也。 ⑤“匪言”二句，谓不当言者勿与之言，不当从者勿与之语也。 ⑥羖（gǔ）：黑色的成年公羊。童羖：谓无角之小山羊，乃必无之物也。 ⑦三爵不识：言三爵之后，即醉而不识人事矣。 ⑧矧（shěn）：何。又：通“侑”，劝酒。

抑[①]

抑抑[②]威仪，维德之隅[③]。人亦有言：靡哲不愚[④]。庶人之愚，亦职维疾[⑤]。哲人之愚，亦维斯戾[⑥]。

---

①此卫武公所作，使人日诵于其侧以自儆也。抑，亦作“懿”。懿、抑古通声。 ②抑抑：密也。 ③隅：角落。 ④靡哲不愚：大智若愚也。 ⑤职：主也。庶人之愚是真愚，故以愚为疾。 ⑥戾：善也。哲人以愚成哲，斯以愚为善耳。

无竞[①]维人，四方其训之[②]。有觉[③]德行，四国顺之。讦谟定命[④]，远犹辰告[⑤]。敬慎威仪，维民之则。

---

①无竞：竞也，言自强也。无，发声助也。 ②训：与“顺”古同声通用。 ③觉：著也。 ④讦谟：大谋也。定命：审号令也。 ⑤远犹：远图也。辰告：时告戒也。

其在于今，兴迷乱于政[①]。颠覆厥德，荒湛[②]于酒。女虽湛乐从[③]，弗念厥绍[④]。罔敷求先王[⑤]，克共明刑[⑥]。

---

①兴：语词也。政：与“刑”协韵。 ②湛：“酖”之假借，读如耽。 ③女：同“汝”，武公使人诵诗命己之词也。虽：维也。古虽、维声通。 ④绍：承也。 ⑤罔：不也。敷：广也。 ⑥共：古“拱”字。刑：法也。

肆皇天弗尚[①]，如彼泉流，无沦胥以亡[②]。夙兴夜寐，洒扫庭内，维民之章[③]。修尔车马，弓矢戎兵，用戒[④]戎作，用逷[⑤]蛮方。

---

①肆：故也。尚：佑也。　②无：发声。沦：率也。胥：相也。沦胥：相率也。　③章：表也。　④戒：备也。⑤遏（tì）：除也。

质①尔人民，谨尔侯度②，用戒不虞③。慎尔出话，敬尔威仪④，无不柔嘉。白圭之玷⑤，尚可磨也；斯言之玷，不可为也！

---

①质：《盐铁论》引此作“诰”，诰，当为“诘”字之讹。诘，谨也。　②侯度：诸侯行孝曰度，故以二字并称。③不虞：非度也，古不、非同。　④仪：古读如俄。　⑤玷（diàn）：玉病。

无易由言①，无曰苟矣②。莫扪朕舌③，言不可逝矣④。无言不雠⑤，无德不报。惠于朋友⑥，庶民小子。子孙绳绳，万民靡不承⑦。

---

①由：于也。　②苟：苟且也。　③扪：按也。朕：我也。　④不：语词。逝：往也。　⑤雠：答也。　⑥友：古读如以。　⑦承：奉也。

视尔友君子①，辑②柔尔颜，不遐有愆③。相④在尔室，尚不愧于屋漏⑤。无曰不显，莫予云觏⑥。神之格思⑦，不可度⑧思，矧可射⑨思！

---

①友君子：即上章所云朋友也。 ②辑：和也。 ③不：发声。遐：远也。愆：过也。 ④相：视也。 ⑤尚：庶几也。屋漏：当室之白，日光所漏入也。漏：古读如路。 ⑥云：语词。觏（gòu），在此诗中，为遇见之意。 ⑦格："佫"之假借，至也。思：语已词。 ⑧度：测也。 ⑨射：转音豫，厌也。

辟尔为德[①]，俾臧俾嘉。淑慎尔止[②]，不愆于仪。不僭不贼[③]，鲜不为则。投我以桃，报之以李。彼童而角[④]，实虹[⑤]小子。

---

①辟：明也。为：语助词。 ②止：容止也。 ③僭：差也。贼：害也。 ④童：无角之小羊羔。 ⑤虹：同"讧"，乱也。

荏染[①]柔木，言缗之丝[②]。温温恭人，维德之基。其维哲人，告之话言，顺德之行。其维愚人，覆谓我僭[③]，民各有心！

---

①荏染：柔貌。 ②言：语词。缗：被也，施也。被丝，犹言给乐器安弦。 ③覆：犹"反"也。僭：不信也。

於乎[①]小子，未知臧否。匪手携之，言示之事。匪面命之，言提其耳。借曰未知，亦既抱之。民之靡盈[②]，谁夙知而莫[③]成？

①於乎：即呜呼。　②靡盈：不自满也。　③莫：与“暮”同。

昊天孔昭，我生靡乐。视尔梦梦，我心惨惨[1]。诲尔谆谆，听我藐藐。匪用[2]为教，覆用为虐。借曰未知，亦聿既耄[3]！

①惨惨：当作“懆懆”，忧愁不安。　②用：犹“以”也。　③八九十岁曰“耄”。

於乎小子！告尔旧[1]止。听用我谋，庶无大悔。天方艰难，曰丧厥国。取譬不远，昊天不忒[2]。回遹[3]其德，俾民大棘[4]！

①旧：旧章也。　②忒：差也。　③回遹（yù）：邪僻也。　④棘：急也。考《诗》十二章，惟以慎德听言为主，慎威仪与慎言，皆以慎德为主，明哲所以知言。

楚辞

绪　言

今世各民族，无论是已进入文明的，或尚在原始状态的，都有他自己的神话和传说。凡一民族的原始时代的生活状况、宇宙观、伦理思想、宗教思想以及最早的历史，都混合地奇离地表现在这个民族的神话和传说里。原始人民并没有今日文明人的理解力和分析力，兼且没有够用的发表思想的工具，但是从他们的浓厚的好奇心出发而来的想像力却是很丰富的；他们以自己的生活状况、宇宙观、伦理思想、宗教思想等等作为骨架，而以丰富的想像为衣，创造了他们的神话和传说。故就文学的观点而言，神话实在即是原始人民的文学。迨及渐进于文明，一民族的神话即成为一民族的文学的源泉，此在世界各文明民族，大抵皆然，并没有例外。

在我们中华古国，神话也曾为文学的源泉，从几个天才的手里发展成了新形式的纯文艺作品，而为后人所楷式，这便是数千年来为人称道的《楚辞》了。

中国古代的纯文学作品，一是《诗经》，一是《楚辞》。论著作的年代，《诗经》在前，《楚辞》较后（虽然《楚辞》中如《九歌》之类，其创作时代当亦甚古）；论其性质，则《诗经》可说是中国北部的民间诗歌的总集，而《楚辞》则为中国南方文学的总集。我们应承认，当周秦之交，中国北部人民的思想习惯还是和南中国人民的思想与习惯迥不相同。在学术方面，既已把北中国与南中国的不同面目充分地表现出来，在文学方面当亦若是。故以《诗经》代表中国古代的北方文学，以《楚辞》代表中国古代的南方文学，不是没有理由的。但因历来文人都中了“尊孔”的毒，以《诗经》乃孔子所删定，特别地看重它，认为文学的始祖，武断一切时代较后的文学作品都是“出于《诗》”，所以把源流各别的《楚辞》也算是受了《诗经》的影响。刘彦和说“楚之骚文，矩式周人”（《文心雕龙·通变》）；顾炎武说“三百篇之不能不降而《楚辞》”（《日知录》），都是代表此种《诗经》一尊的观念。把《楚辞》和《诗经》混牵在一处，仅以时代先后断定他们的“血统关系”，结果必致抹煞了《楚辞》的真面目。我们承认《楚辞》不是凭空生出来的，自有它的来源；但是其来源却非北方文学的《诗经》，而是中国的神话。我们认清了这一点，然后不至于将《九歌》解释为屈原思君之词与自况之作，然后不至于将《天问》解释为愤懑错乱之言了。

何以中国神话独成为中国南方文学的源泉呢？依我看来，可有两种解释：一是北中国并没产生伟大美丽的神话；二是北方人太过“崇实”，对于神话不感浓厚的兴味，故一入历史时期，原始信仰失坠以后，神话亦即销歇，而性格迥异的南方人，则保存古来的神话，直至战国而成为文学的源泉。只看现在我们所有的包含神话材料最丰富的古籍都是南方人的著作，便可恍然。

既然承认了《楚辞》与中国神话的关系，则对于《楚辞》中各篇的性质及聚讼纷纭的作者主名，都应有新的解释了。请略述于下。

为读者便利起见，先释《楚辞》一名。

《汉书·朱买臣传》："会邑子严助贵幸，荐买臣，召见说《春秋》，言《楚辞》，帝甚悦之。"又《王褒传》云："宣帝时，修武帝故事，讲论六艺群书，博尽奇异之好。征能为《楚辞》九江被公，召见诵读。"据此则西汉武宣之时，《楚辞》已为通学。刘向校书，集屈原、宋玉、东方朔、庄忌、淮南小山、王褒诸人的辞赋，又加入自己拟《九章》而作的《九叹》，都为一集，名之曰《楚辞》。今刘向原书失传，仅有王逸章句本及朱熹集注本。王逸章句本虽明言据刘向所定，然亦未必可靠，恐其中尚多窜乱增订。

《隋书·经籍志》谓：因屈原为楚人，故称之曰"楚辞"；宋黄伯思谓"屈宋诸《骚》皆书楚语，作楚声，纪楚地，名楚物，故可谓之《楚辞》"。此种解释，固然不错，但是未免幼稚了些。淮南王刘安说："《国风》好色而不淫，《小雅》怨诽而不乱。若《离骚》者，可谓兼之。"这样解释《楚辞》，又嫌它太抽象了些。我们可说《楚辞》是南方的"文人的纯文学作品"（北方的《诗经》大部是民众的纯文学作品），应用民间流传的神话传说，以抒情咏怀（故虽为文人的文学作品，而能直诉于民众的情绪，激起深切的共鸣），美丽、缠绵、梦幻，是它的特色。《楚辞》在当时是一种新的文艺作品，所以引起后代文人的摹拟。班固说：“始楚贤臣屈原，被谗放流，作《离骚》诸赋，以自伤悼。后有宋玉、唐勒之属，慕而述之，皆以显名。汉兴，高祖王兄子濞于吴，招致天下娱游子弟。枚乘、严夫子之徒，兴于文景之际，而淮南王安都寿春，招宾客著书，有严助、朱买臣，贵显汉朝，故世传《楚辞》。”即此可见在汉代摹拟此“新体”之盛。今所传后人摹拟《九章》而作的以“九”名篇的作品，实至繁多，但皆“莫追屈宋逸步”。此非后人之才不及，亦因屈原是直接取材于当时传诵的神话传说，而后人则转乞灵于屈宋之作，故而情文遂远不逮了。

次言《楚辞》的内容。

据王逸章句本，共录作品十七篇，即《离骚经》《九歌》《天问》《九章》《远游》《卜居》《渔父》《九辩》《招魂》《大招》《惜誓》《招隐士》《七谏》《哀时命》《九怀》《九叹》《九思》等。自《离骚》以至《渔父》，旧以为皆屈原作；《九辩》与《招魂》旧以为皆宋玉作。《大招》或谓景差作，或谓屈原作。《惜誓》无主名，或谓贾谊作。《招隐士》以下，则皆有作者主名。

上列诸作，今所争论不决者，厥为屈宋名下之作，除《离骚经》为众所共认的屈原作品，其余诸篇，咸有异义。今先述众说，次附己见。

《九歌》。王逸《楚辞章句》内说：“《九歌》者，屈原之所作也。昔楚国南郢之邑，沅湘之间，其俗信鬼而好祠，其祠必作歌乐鼓舞以乐诸神。屈原放逐，窜伏其域，怀忧苦毒，愁思沸郁，出见俗人祭祀之礼，歌舞之乐，其词鄙陋，因为作《九歌》。”则《九歌》乃系屈原就旧有祀神颂歌改削润色，所以朱熹竟说是“原既放逐，见而感之，故颇为更定其词，去其泰甚。”但王逸又云：“上陈事神之敬，下见己之冤结，托之以讽谏。”朱子亦以为寓有讽谏之意，遂至数千年来释《九歌》者皆以九歌中之香草美人、灵鬼山神为暗指怀王以及群小众彦了。其实《九歌》乃沅湘民间流行的颂歌，是神话材料的一部分；不过屈原或曾修改其词句，并始为写定罢了。胡适之先生谓《九歌》是最古的南方民族文学，是当时湘江民族的宗教舞歌。读《楚辞》赞成此说者甚多。证以《离骚》中两言《九歌》（启《九辨》与《九歌》兮；又，奏《九歌》而舞《韶》兮），可信胡说之可成立。但屈原曾加修改而成今本，则亦可信。因为先民神话之传至现代者，大抵经过这个阶段的。我们不妨断定《九歌》是古代南中国的宗教舞歌，每歌颂一神，含有丰富的神话材料，经屈原写定而成今形。其中涵义，皆属神话，无关于君臣讽谏或自诉冤结。

《天问》。《史记·屈贾传》赞云：“太史公曰：余读《离骚》《天问》《招魂》《哀郢》，悲其志。”《王逸章句》云：“《天问》者，屈原之所作也……屈原放逐，忧心愁悴，彷徨山泽，经历陵陆，嗟号旻昊，仰天叹息。见楚有先王之庙，及公卿祠堂，图画天地山川神灵琦玮僪佹，及古圣贤怪物行事；周流罢倦，休息其下，仰见图画，因书其壁，呵而问之，以泄愤懑，舒泻愁思。楚人哀惜屈原，因共论述，故其文义不次序云尔。”据此则《天问》乃屈原书壁杂句，而死后由哀惜屈原之楚人为裒（póu）集成篇者。王船山谓“统一篇而系之以‘曰’，则原所自撰成章可知。”（《楚辞通释》）其实即非原所自撰“成章”，又何尝不可以统一篇而系之以“曰”，我们知道当神话尚在民众间流行之时，先王之庙，以及公卿祠堂的墙壁上，绘些神话与传说的故事画，原自平常之至；屈原对于神话和传说，本有其丰富的知识，而平日对于神话传说中之荒诞不合理的部分，亦早怀疑，则当穷愁无聊之日，对景感怀，发了许多问题，亦自情理中事。故王说尚可信。惟谓原书于壁，而后人裒集，则近穿凿。因为屈原的时代，书写的工具尚未精良，“书壁”似乎是很费事的。至谓《天问》。乃屈原有意创作，中含他的宇宙观与人生观，乃因愤懑之余，语无伦次，则未免太臆断了。我们可认《天问》是屈原所作（因为包含如此多的神话材料，似乎非他不办），但只是他在闲暇时所写的杂感——对于神话传说中不合理质素之感想，和他的身世穷愁无关。

《九章》。王逸谓：“《九章》者，屈原之所作也。屈原放于江南之野，思君念国，忧心罔极，故复作《九章》。”朱熹说：“屈原既放，思君念国，随事感触，辄形于声；后人辑之，得其九章，合为一卷，非必出于一时之言也。”朱说较王说为妥。《史记·屈贾传》中曾说：“乃作《怀沙》之赋”又赞中亦举“《哀郢》”。《怀沙》与《哀郢》乃《九章》中二篇，然太史公不言《九章》；又《汉书·扬雄传》云：“又旁《惜诵》以下至《怀沙》一卷，名曰畔牢愁。”亦不言《九章》，据此可知西汉末尚无《九章》之名，亦即可以反证《九章》一名乃后人所题。至《九章》各篇非一时之作，则从《九章》各篇的内容亦可考见（此编注释中已分别论及，兹不复赘）。

《远游》《卜居》《渔父》。这三篇恐怕都不是屈原作的。《远游》一篇，据王逸云是屈原之作。然篇中甚多已见于《离骚经》之句，又言及韩众，又多黄老之言，启人疑窦之处，不一而足。但是文章神韵极似屈原其他诸作，思想上亦差得不远，似又未可一笔抹煞。大概此篇即使是屈原之作，而已多后人妄增之文了。至于《卜居》《渔父》二篇，首句皆云“屈原既放”，明为他人之词，而风格又绝不类《离骚》《九章》，认为伪作，当无不洽。

《招魂》《大招》。司马迁曾言及《招魂》，然王逸则谓“《招魂》者，宋玉之所作也。招者，召也；以手曰招，以言曰召。魂者，身之精也。宋玉怜哀屈原忠而斥弃，愁懑山泽，魂魄放佚，厥命将落，故作《招魂》，欲以复其精神，延其年寿，外陈四方之恶，内崇楚国之美，以讽谏怀王，冀其觉悟而还之也”。清林云铭以《招魂》为屈原自招，谓“古人以文滑稽，无所不可，且有生而自祭者，则原被放之后，愁苦无可宣泄，借题寄意，亦不慊其为自招也……玩篇首自叙，篇末乱辞，皆不用‘君’字而用‘朕’字‘吾’字，断非出于他人口吻”。后蒋骥赞同林说，并举《招魂》乱辞中地名加以考据，与《哀郢》《怀沙》所叙经历之地参证。由是《招魂》乃屈原之作，更多一层保证。

《大招》的作者，王逸既说是屈原，又说是景差，朱熹决为景差所作。林云铭断为屈原之作，谓“原自放逐以后，念念不忘怀王，冀其生还楚国，断无客死归葬，寂无一言之理。骨肉归于土，魂魄无不之；人臣以君为归，升屋履危，北面而号，自不能已。特谓之‘大’，所以别于自招，乃尊君之词也。”是林氏以为《大招》乃屈原所作，以招怀王之魂者。林说自嫌牵强，而属之景差，亦觉未安，故有西汉人伪作之说。按原始社会风俗，人死后以巫招魂，朱熹所谓“古者人死，则使人以其上服，升屋履危，北面而号，曰皋，某复，遂以其衣三招之，乃下以覆尸，此礼所谓复……盖犹冀其复生也。如是而不生，则不生矣，于是乃行死事。”这就是原始社会招魂的遗制。原始社会里招魂的巫在行使职务时，大概有一套刻板的话语，照例诵读一遍。《大招》或者就是此等巫词的写定本。林云铭以“大”为尊君之词，实为错误。“大”即“广”，盖后人见屈原有《招魂》，而又得古巫词的写本，以为乃“广”《招魂》之意，因名曰“大招”。至于《招魂》一篇，或者竟是屈原所作，惟篇中自“乃下招曰……”起至“乱曰”止，恐即为当时流行之巫词，而屈原依成例取以成篇。《招魂》中所含神话材料甚多，足以窥见中国神话中的世界观及对于上天幽冥的观念。

《九辩》。按《离骚经》云：“启《九辩》与《九歌》兮，夏康娱以自纵。”又云“奏《九歌》而舞《韶》兮，聊假日以婾乐”。《天问》云：“启棘宾商，《九辩》《九歌》。”似乎《九辩》《九歌》是二种古乐。王船山云：“辩，犹遍也；一阕谓之一遍。盖亦效夏启《九辩》之名，绍古体为新裁，可以被之管弦。其词激宕淋漓，异于《风》《雅》盖楚声也”。据此则宋玉依古体而制新词，以抒情叙怀，前人以为宋玉代屈原为辞，实有未安。

以上略述《楚辞》内容之最具纷争者。今再言《楚辞》对于后世文学的影响。

《楚辞》是一种新形式，是中国最早的文人文学，而以美丽缠绵梦幻为特点；《楚辞》出世之时，正为中国文化发展得最快最复杂的时代，因此《楚辞》自然而然地要在中国文学史上划了一个新纪元。但除此而外，《楚辞》包含中国神话材料之多，也是使它对于后世发生重大影响之一原因。一民族的文学发展，大都经过两个阶段：最初是流传于口头的民间文学——神话传说以及中国的《诗经》，此时的作者都不是操觚之士；其次乃为著于竹帛的文士文学，此时的作者大都为文人，《楚辞》即为中国最早的文人文学。可是初期的文士文学，亦必须以民间文学的神话与传说为源泉，然后这些文士文学有民众的基础，为民众所了解。《楚辞》恰亦适合这个条件。中国文人不但从《楚辞》知道了许多现已衰歇的神话传说，并且从《楚辞》学会了应用民间神话传说的方法，从《楚辞》间接得了许多题材，然后中国的文士文学乃得渐渐建设起来。所以《楚辞》对于后世文学的影响，不但是它的新形式曾引起许多的摹仿者，并且供给了许多材料与方法。就此点而言，《楚辞》也可算是中国的《伊利亚特》和《奥特赛》了。

目 录

离骚经 …… 135
九歌 …… 155
九章 …… 171
远游 …… 197
卜居 …… 203
九辩 …… 205
招魂 …… 213
大招 …… 220

离　骚　经

帝高阳之苗裔兮①，朕皇考曰伯庸②。摄提贞于孟陬兮③，惟庚寅吾以降④。皇览揆余于初度兮⑤，肇锡余以嘉名⑥。名余曰正则兮，字余曰灵均⑦。

---

①高阳：颛顼有天下之号也。颛顼娶于腾隍氏女，而生老僮，是为楚先。楚武王生子瑕，受屈为客卿，是为屈氏之祖。　②朕：我也。皇：美也。父死称“考”。　③摄提：太岁在寅曰摄提格也。陬（zōu）：正月也。孟：始也。正月为一岁之始，于十二子为寅，故谓正月为孟陬。贞：正值也。屈原之生，当在楚宣王二十七年（前343）著拥摄提格之岁，毕陬之月，即所谓戊寅年甲寅月也。　④庚寅：日也。古大挠作甲子，但以纪旬，不以纪年月。屈原以庚寅日生。　⑤皇：皇考也。览：睹也。揆：度也。初度：言始生时器度也。　⑥肇：始也。锡（cì）：通假字，通“赐”。　⑦王逸注曰：“平正可法则者莫过于天，养物均调者莫神于地；故伯庸名我为平以法天，字我曰原以法地。”

纷吾既有此内美兮①，又重之以修能②。扈江离与辟芷兮③，纫秋兰以为佩④。汩余若将不及兮⑤，恐年岁之不吾与⑥；朝搴阰之木兰兮⑦，夕揽洲之宿莽⑧。

---

①纷：盛貌。内美：谓忠贞之性格。此言其天赋。 ②重（chóng）：增益也。修：饰也，治也。能（tài）：姿有余也。此言其操行。下文“江离”“辟芷”“秋兰”，皆以喻其亲善远邪，自励芳洁也。 ③扈（hù）：随从也。江离：今川芎也。辟：仄也，幽也。芷：今白芷也，字当作“茝”。 ④纫：动词，结也，把香草结成索。兰：今泽兰也。秋而芳，故称秋兰。 ⑤汩：当作“汩”，去貌，疾若水流也。 ⑥言恐岁月不我待也。 ⑦搴（qiān）：拔取也，字常作“攓”。阰（pí）：旧说，山名，在楚南。朱骏声以为“阰”当作“陛”，高阜也。一说，阰盖两山之间也，与“陂”同。木兰：香木，似楠，皮似肉桂。 ⑧揽：采也。水中可居者曰“洲”。草冬生不死者，楚人谓之“宿莽”。“木兰”“宿莽”二句，言所采取者皆芳香不凋之物，以比所行者皆忠善长久之道。

日月忽其不淹兮①，春与秋其代序②。惟草木之零落兮，恐美人之迟暮③。不抚壮而弃秽兮④，何不改此度⑤？乘骐骥以驰骋兮⑥，来吾道夫先路⑦！

---

①淹：久也。 ②代：更也。序：次也。 ③迟：晚也。美人：王逸、洪兴祖、朱熹皆以为喻君，盖指怀王。朱骏声以为乃喻众贤同志者。屈原以美人喻贤者，亦常见，如“满堂兮

美人”。　④不：“何不”的省文。抚：凭也。壮：谓盛壮之年也。《礼记》：三十曰壮。秽：芜秽也，以喻谗邪。　⑤度：器度也。此二句言若非自爱年富力强不愿同流合污，何为而不改其度乎？　⑥言君若有意图治，进用众贤，则己可为先路之导也。骐骥：喻贤人。一说，此句意谓若得及时而驾（用事）也。　⑦先路：前车也。

昔三后之纯粹兮①，固众芳之所在②。杂申椒与菌桂兮③，岂维纫夫蕙茝④？彼尧舜之耿介兮⑤，既遵道而得路⑥；何桀纣之猖披兮⑦，夫唯捷径以窘步⑧！惟夫党人之偷乐兮⑨，路幽昧以险隘⑩。岂余身之惮殃兮，恐皇舆之败绩⑪。忽奔走以先后兮，及前王之踵武⑫。

---

①三后：后，君也。有二说：一云指禹、汤、文武，一云指轩辕、颛顼、帝喾。证之下文“尧舜之耿介”云云，似以后说为是。　②众芳：指佐辅三后敷治之群贤。　③申：山名。《西山经》有申山。椒：香木。菌桂：即今肉桂也。凡经传言桂，皆非今之木樨，唐以后始名木樨为桂花。　④蕙：即今零陵香。茝（zhǐ）：芷，白芷也。蕙、茝皆香草，以喻贤者。　⑤耿：光也。介：大也。　⑥遵道：谓率由三后之道也。　⑦猖披：邪乱也。　⑧捷：疾也。径：邪道也。窘：迫也。言不由正道而所行蹙迫也。　⑨党人：指群小。偷：苟且也。　⑩幽昧、险隘：言倾危也。　⑪皇：君也。舆：君之所乘，以喻国也。绩：功也。　⑫忽：匆匆忙忙的样子。踵：继也。

武：迹也。言己急欲奔走先后以辅翼君者，冀及先王之德，继续其迹，而广其基也。

荃不察余之中情兮①，反信谗而齌怒②。余固知謇謇之为患兮③，忍而不能舍也。指九天以为正兮④，夫唯灵修之故也⑤。曰黄昏以为期兮，羌中道而改路。初既与余成言兮，后悔遁而有他⑥。余既不难夫离别兮，伤灵修之数化⑦！

---

①荃：香草，或谓即石菖蒲，以喻君也。指怀王。　②齌（jì）怒：盛怒。犹言反信谗人，与之同怒于我。　③謇謇（jiǎn）：忠贞貌也。　④九天：王逸谓是中央八方（亦即《淮南子》所称中央钧天，东方苍天，东北变天，北方玄天，西北幽天，西方昊天，西南朱天，南方炎天，东南阳天）；朱骏声谓是“九重天”，引《天问》篇“天有九重，孰营度之？”为证。　⑤灵：读为令，善良也。修：治也。言己之不惮謇，謇言之者，诚欲辅君于善治，非为己身，此可以指九天以为誓也。旧说（自王逸以下）皆以灵修解为喻君，似于上下文义未安。　⑥成言：约定。遁：变心。有他：有了另外的打算。　⑦数化：言变易无定也。

余既滋兰之九畹兮①，又树蕙之百亩；畦留夷与揭车兮②，杂杜衡与芳芷③。冀枝叶之峻茂兮④，愿竢时乎吾将刈⑤。虽萎绝其亦何伤兮，哀众芳之芜秽⑥。

---

①滋（shì）：种植。畹：王逸云十二亩，许慎云三十亩，班

固云二十亩。未知孰是。　②畦：田垄，用作动词，指一垄一垄地种植。留夷：即辛夷树，其花甚香，或曰即芍药。揭车：亦芳草，黄叶白花。　③杜衡：叶似葵，形如马蹄，故俗云马蹄香。以上四句皆喻虽遭放逐而励志修行则不稍懈。　④峻：高也。　⑤刈（yì）：获也。言己种植众芳，幸其枝叶茂长，实核成熟，愿待天时，吾将获取收藏而成其功也。以谕君亦宜畜养众贤，以时进用而成其治。　⑥此二句意谓既刈之后，虽萎病而断绝，吾亦何伤乎？特哀其未及刈而芜秽而已。盖怀王初信任屈子，使造为宪章，属草稿未定，遽遭谗废弃，屈子自惜不能竭才，所以有此言也。

众皆竞进以贪婪兮[①]，凭不厌乎求索[②]。羌内恕己以量人兮[③]，各兴心而嫉妒。忽驰骛以追逐兮，非余心之所急[④]。老冉冉其将至兮[⑤]，恐修名之不立[⑥]！

---

①竞：逐也。爱财曰“贪”，爱色曰“婪”。　②凭：满也。楚人名满曰“凭”，形容求索之甚。　③羌：楚人语词，乃也。　④言众人所以驰骛惶遽者，追逐权贵，求财利也；故非我心之所急务——众急于利，我独急于义者也。　⑤冉冉：渐渐也。　⑥修：长也，远也。言恐没世而名不称焉。

朝饮木兰之坠露兮，夕餐秋菊之落英[①]。苟余情其信姱以练要兮[②]，长顑颔亦何伤[③]！揽木根以结茝兮[④]，贯薜荔之落蕊[⑤]；矫菌桂以纫蕙兮[⑥]，索胡绳之纚纚[⑦]。謇吾法夫前修兮，非世

俗之所服[8]；虽不周于今之人兮[9]，愿依彭咸之遗则[10]。

---

①此二句以喻己之常以香洁自润泽焉。　②姱（kuā）：美也。练：择也；练要：思想感情精练明确，集中于主要东西。　③颇颔（kǎn hàn）：食不饱而面黄也。上四句，谓坠露落英虽不能果腹，然能使余芳洁，则余即常颇颔亦何伤乎？　④揽：持也。　⑤贯：累也。薜荔：香草也，亦名草荔，疑即今当归。　⑥矫：直也。菌桂、蕙已见前。　⑦胡绳：香草也，蔓生布地，俗呼鼓筝草。𫄧𫄧（xǐ）：纠结缭绕。以上四句，仍喻其以善自约束，终无懈倦。　⑧前修：谓前贤也。服：服从也。言我忠信謇謇，乃上法前贤，非世俗之所服从也。或云，謇系发语词。　⑨周：合也。　⑩彭咸：殷贤大夫，谏其君不听，自投水而死。

长太息以掩涕兮，哀民生之多艰！余虽好修姱以鞿羁兮[1]，謇朝谇而夕替[2]。既替余以蕙纕兮[3]，又申之以揽茝[4]。亦余心之所善兮，虽九死其犹未悔[5]！

---

①虽：同“惟”。鞿（jī）羁：缰在口曰“鞿”，革络头曰“羁”。鞿羁：言自绳束，不放纵也。　②謇：发语词。谇（suì）：斥责也。替：废也。　③纕（xiāng）：佩带也。言既以余佩蕙而废斥也。　④申：重也。揽：采也。言又重怒余之采茝以自芳也。　⑤言蕙茝（喻忠信之行）为己所善，虽以此蒙九死一生，亦所不悔。

怨灵修之浩荡兮[①]，终不察夫民心。众女嫉余之娥眉兮[②]，谣诼谓余以善淫[③]。固时俗之工巧兮，偭规矩而改错[④]。背绳墨以追曲兮[⑤]，竞周容以为度[⑥]。忳郁邑余侘傺兮[⑦]，吾独穷困乎此时也[⑧]！宁溘死以流亡兮[⑨]，余不忍为此态也[⑩]！鸷鸟之不群兮[⑪]，自前世而固然。何方圜之能周兮[⑫]，夫孰异道而相安？

---

①灵修：朱骏声释为“善治”，即美好的政治；诸家谓指怀王。似以后说为安。浩荡：无思虑貌。　②众女：谓众臣也。③谣诼（zhuó）：谓毁谮也。　④偭（miǎn）：背也。错：读为措。　⑤背弃绳墨，专循曲处，追逐而行，故曰追曲。⑥投于所媚人意，莫不周遍以取容，故曰周容。人人皆以是为法度，故曰以为度。　⑦忳（tún）：忧愁很深的样子。郁邑：忧思也。侘傺（chà jì）：失志貌。　⑧言此时众皆得志，己独穷困也。　⑨溘：忽然，突然。　⑩言不忍为淫邪之态也。⑪鸷鸟：喻刚直之士。　⑫言何有圆凿受方枘而能合者。周：合也。

屈心而抑志兮，忍尤而攘诟[①]。伏清白以死直兮，固前圣之所厚。悔相道之不察兮[②]，延伫乎吾将反。回朕车以复路兮，及行迷之未远。步余马于兰皋兮[③]，驰椒丘且焉止息[④]。进不入以离尤兮，退将复修吾初服[⑤]。制芰荷以为衣兮[⑥]，集芙蓉以为裳[⑦]。不吾知其亦已兮，苟余情其信芳[⑧]。高余冠之岌岌兮[⑨]，长余佩之陆离[⑩]。芳与泽其杂糅兮[⑪]，唯昭质其犹未亏⑫。

---

①攘：取也。诟：耻也。 ②相：视也。察：审也。 ③泽曲曰“皋”。其中有兰，故曰“兰皋”。 ④椒丘：丘上有椒也。此言行息依兰椒，不忘芳香以自洁也。焉：同“于是”。 ⑤离：读为罹。言进谏不纳，且罹罪尤，则退而修吾初服耳。 ⑥制：剪裁。芰（jì）：菱也。荷：芙渠也。 ⑦芙蓉：指木芙蓉也。 ⑧此二句因押韵而倒置。原式应作“苟余情其信芳，不吾知其亦已兮”。 ⑨岌岌：高貌。 ⑩陆离：双声连语，美好貌。一说长貌。 ⑪芳：香草，言其香；泽：指玉，言其温润。二者皆杂佩于身。糅（róu）：杂也。 ⑫昭质：犹言明德也。亏：缺也。

忽反顾以游目兮，将往观乎四荒①。佩缤纷其繁饰兮，芳菲菲其弥章②。民生各有所乐兮，余独好修以为常③，虽体解吾犹未变兮，岂余心之可惩④？

---

①四荒：谓四方极远之处也。 ②言虽至远方，犹整饬仪容，不改故常也。 ③言我独好修正直，以为常行。朱骏声谓“常”字本作“恒”，汉人避讳改之。 ④惩：戒也。言虽以此获罪于世，至于屠戮支解，终不悔改也。

女媭之婵媛兮①，申申其詈予②，曰：“鲧婞直以亡身兮③，终然殀乎羽之野④。汝何博謇而好修兮，纷独有此姱节⑤？薋菉葹以盈室兮⑥，判独离而不服⑦？众不可户说兮，孰云察余之中情[⑧]？世并举而好朋兮，夫何茕独而不予听[⑨]？

---

①女媭：注家多以为是屈原姊，盖以樊哙夫人吕媭为吕后妹，而亦以媭为名，适与女媭同，因有此说。然未足以为确证，恐不可从也。从《离骚》全文来看，女媭应为屈原虚构的人物。婵媛：犹言柔顺。　②申申：犹言叮咛。屈原女侍谏原，自原言之，故曰詈予。　③鮌：亦作“鲧”，尧臣也。婞：狷介也。　④殀（yāo）：死。羽：羽山也。据《天问》，鲧迁羽山三年，然后死。　⑤博謇：谓广博而忠直。姱：美也。⑥薋（zī）：亦作“茨”，蒺藜也。或谓非草名，乃草多貌。菉（lù）：王逸谓即王刍也，即今淡竹叶。葹（shī）：《本草》云，一名地葵，一名苍耳，形如鼠耳，丛生如盘。薋、菉、葹，皆恶草。　⑦判：分别离散之意；判独离：言叛散而独离处也。不服：谓不服众所好之菉葹。　⑧此二句及下二句当仍为女媭之语。余：代屈原自称。此二句盖女媭设为屈原解答之词也。　⑨朋：党也。予：女媭自谓。

依前圣以节中兮，喟凭心而历兹[①]。济沅湘以南征兮，就重华而陈词[②]。

---

①节中：犹言折中。喟（kuì）：叹息。凭：满。历：经历之意。　②重华：帝舜名也。此四句大意是言吾已不容于世，居常喟然叹息，而愤怨满心，以历此苦境，今复为女媭詈，莫知所从，故欲依前圣稽疑而折中，遂南就舜陈词也。

启《九辩》与《九歌》兮[①]，夏康娱以自纵[②]，不顾难以图后兮，五子用失乎家巷[③]。羿淫游以佚畋兮[④]，又好射夫封狐[⑤]；固乱流其鲜终兮，浞又贪夫厥家[⑥]。浇身被服强圉兮[⑦]，纵欲而不忍[⑧]；日康娱而自忘兮，厥首用夫颠陨[⑨]。夏桀之常违兮[⑩]，乃遂焉而逢殃[⑪]。后辛之菹醢兮[⑫]，殷宗用而不长。汤禹俨（yǎn）而祗（zhī）敬兮，周论道而莫差。举贤而授能兮，循绳墨而不颇[⑬]。皇天无私阿兮[⑭]，览民德焉错辅[⑮]。夫维圣哲以茂行兮，苟得用此下土[⑯]。

---

①启：禹子也。《九辩》《九歌》：天乐也。《山海经》云："夏后开上三嫔于天，得《九辩》与《九歌》以下。"注云，皆天帝乐名。《天问》云："启棘宾商，《九辩》《九歌》。"亦指此说。　②夏康：启子太康仲康也。娱：乐也。纵：放也。　③五子：太康兄弟五人也。家巷：旧注以为即宫中之道，所谓永巷也。失其家巷，犹言国破而家亡也。王念孙谓"巷"通《孟子》"邹与鲁哄（hòng）"之"哄"，言构兵作乱也。五子作乱，故曰家哄。家，犹内也。《诗》："蟊贼内讧"，正即此意。　④羿：夏时诸侯有穷国之君也。畋：猎也。　⑤封狐：大狐也。　⑥浞（zhuó）：寒浞，羿相也。羿娱乐畋猎，不恤民事，信任寒浞，使为国相，羿畋将归，浞使家臣逢蒙射而杀之，又贪取羿妇以为己妻。　⑦浇：寒浞子。云浞取羿妻而生。强圉：强梁也。　⑧纵：放也。言纵放其欲，不能自忍也。　⑨厥：指示代词，指浇。颠陨：坠落。此

二句言浇既杀夏后相，安居无忧，日作淫乐，忘其过恶，卒为相子少康所诛。　⑩违：背也，言背道也。　⑪焉：犹于是也。逢殃：言为殷汤所诛灭。　⑫后：君也。辛：殷之亡王纣名也。藏菜曰“菹（zū）”，肉酱曰“醢（hǎi）”。纣为无道，杀比干，醢梅伯，周武王灭之。　⑬颇：偏也。　⑭窃爱为私，所私为阿。一云所佑为阿。　⑮错：置也。辅：佐也。谓观民之德，有圣贤者，则置其辅佐之力，而立以为君也。焉，犹于是也。　⑯下土：天下也。言唯圣哲而茂行者，乃得用事天下而为万民之主。

瞻前而顾后兮，相观民之计极①；夫孰非义而可用兮，孰非善而可服？阽余身而危死兮②，览余初其犹未悔③；不量凿而正枘兮④，固前修以菹醢⑤！曾歔欷余郁邑兮⑥，哀朕时之不当⑦；揽茹蕙以掩涕兮⑧，沾余襟之浪浪⑨。

---

①相：察也。观：示也。谓察所以观示于民。计：谋之极致也，此句是说观察做人的根本。　②阽（diàn）：犹危也。　③言虽委身临危，而至于死节，余则反观初衷，未有悔意。　④凿：穿孔也。枘：刻木端，所以入凿者也。谓不度穿孔之大小以纳木端，则龃龉难入，终必穿孔破而木败也。　⑤前修：前贤也。言臣不度君贤愚，竭其忠信，则亦格格不相入，遭祸逢殃，被菹醢如前修，譬若不量凿而正枘，终招两败也。　⑥曾：通“增”，更加。歔欷（xū xī）：叹息也。郁邑：忧思也。　⑦言不值圣世也。　⑧茹：柔软也。　⑨浪浪：泪流不止。

跪敷衽以陈辞兮①，耿吾既得此中正②。驷玉虬以乘鹥兮③，溘埃风余上征④。朝发轫于苍梧兮⑤，夕余至乎县圃⑥。欲少留此灵琐兮⑦，日忽忽其将暮。吾令羲和弭节兮⑧，望崦嵫而勿迫⑨。路曼曼其修远兮，吾将上下而求索。

---

①敷：铺开。衽（rèn）：衣服的前襟。 ②耿：明也。中正：指得圣人中正之道也。 ③一乘（shèng）四马谓之“驷”。虬（qiú）：当作“虯”，龙子两角者也。鹥（yì）：《山海经》曰，蛇山有五采之鸟飞蔽日，名曰鹥鸟也。此言以鹥为车而驾以玉虯也。 ④埃：疑“培”之讹。“培”读为冯，冯：乘也。溘埃风余上征：谓忽然乘风而上也。 ⑤轫：停车时用来阻止车轮转动的一块木头。发轫：犹今言开车耳。苍梧：舜葬地。 ⑥县圃：神山也，在昆仑之上。 ⑦灵：神也。琐：门镂也，文如连琐。灵琐：盖指楚王之省闼，或谓指神居也。 ⑧羲和：神话人物。《山海经》：东南海外有羲和之国，有女子名曰羲和，是生十日；《淮南子》：爰止羲和，爰息六螭。注曰，日乘车驾以六龙，羲和御之。弭：止也。 ⑨崦嵫（yān zī）：日所入山也。

饮余马于咸池兮①，总余辔乎扶桑②。折若木以拂日兮③，聊逍遥以相羊④。前望舒使先驱兮⑤，后飞廉使奔属⑥。鸾皇为余先戒兮⑦，雷师告余以未具⑧。吾令凤鸟飞腾兮⑨，继之以日夜。飘风屯其将离兮⑩，帅云霓而来御⑪。纷总总其离合兮⑫，斑陆离其上下[13]。吾令帝阍开关兮[14]，倚阊阖而望予[15]。时暧暧其将罢兮[16]，结幽兰而延伫[17]。世溷浊而不分兮，好蔽美而嫉妒[18]！

---

①咸池：日浴处也。　②总辔，犹言揽辔。扶桑：神木，日所出。　③若木：亦木名，在昆仑西极，其华照下地。　④相羊：犹言徘徊也。　⑤望舒：神话中为月驾车的神。　⑥飞廉：风伯也。或谓其状，鹿身，头如雀有角，蛇尾，豹文。　⑦先戒：谓在先戒行也。　⑧未具：谓行装未具也。　⑨凤鸟：喻明智之士。飞行天下，以求同志也。　⑩飘风：回风也。屯：聚也，状风屯集而至之势。　⑪云霓（ní）：以喻佞人。御：迎也。以上四句，大意谓：吾令凤鸟（喻明智之士）广求同志，凤乃引群将行，乍遇飘风至，分散而去，反率云霓来迎我也。此与上二句“鸾皇为余先戒兮，雷师告余以未具”，及下二句“吾令帝阍开关兮，倚阊阖而望予”，皆表示事与愿违，无往而不龃龉也。　⑫总总：聚貌。　⑬斑：乱貌。陆离：双声，犹言参差也。此二句状云霓来迎者之众杂。　⑭帝：谓天帝。阍：主门者也。　⑮阊阖：天门也。言阍者拒不肯开也。　⑯暧暧：暗昧貌。罢：极也。　⑰言以芳香自洁而无所趋向也。　⑱溷（hùn）：混乱。言世人溷浊不分，蔽美嫉妒，则固然矣，不意天上亦复如是也。然结语略去，愈见委宛缠绵之致，所谓怨悱而不乱也。

朝吾将济于白水兮①，登阆风而緤马②。忽反顾以流涕兮，哀高丘之无女[3]。溘吾游此春宫兮[4]，折琼枝以继佩[5]。及荣华之未落兮，相下女之可诒[6]。吾令丰隆乘云兮[7]，求宓妃之所在[8]。解佩纕以结言兮[9]，吾令蹇修以为理[10]。纷总总其离合兮，忽纬繣其难迁[11]。夕归次于穷石兮[12]，朝濯发乎洧盘[13]。保厥美以骄傲兮，日康娱以淫游[14]。虽信美而无礼兮，来违弃而改求[15]。

---

①白水：出于昆仑之山，饮之则不死。语见《淮南子》。②阆风：山名，在昆仑之上。绁（xiè）：系也，捆也。　③高丘：指阆风山上。女：以喻己之同志。此言半道乍反顾流涕，以为阆风亦无美女。则勿以西游为也。　④春宫：东方青帝之宫也。此下言不得于西，则求之于东。　⑤继：续也。　⑥下女：青宫神女之侍也。诒：遗也。　⑦丰隆：雷师也。⑧宓（fú）妃：炎帝少女，溺洛水而死，遂为河神，是曰宓妃。⑨纕（xiāng）：佩带也。　⑩蹇修：人名；或曰，伏羲氏之臣也。理：媒也。　⑪纬繣（huī huà）：乖戾也。言又见拒于宓妃也。　⑫次：舍也。穷石：山名。　⑬洧（wěi）盘：水名。或曰，洧，水名，洧水上有大石盘陀，故曰洧盘。　⑭淫游：言宓妃也。　⑮言己决将改求也。

览相观于四极兮[1]，周流乎天余乃下。望瑶台之偃蹇兮[2]，见有娀之佚女[3]。吾令鸩为媒兮，鸩告余以不好。雄鸠之鸣逝兮，余犹恶其佻巧[4]。心犹豫而狐疑兮，欲自适而不可[5]。凤皇既受诒兮，恐高辛之先我[6]。

---

①览相观：三字同义而连用。谓观于四方，既无以适吾意，则复下求于地上耳。　②偃蹇：高貌。　③有娀（sōng）：国名。佚：美也。　④此言令鸩（zhèn）为媒，鸩则诈告我以不好，思欲别遣雄鸠，则又恶其佻巧，未敢遽托以重任。　⑤言既无媒可通，自往则又不可。　⑥诒：通“贻”，这里是名词，指聘礼。高辛：帝喾有天下之号。此言己则犹豫未决，而高辛氏则先礼遗凤皇使往为媒矣。

欲远集而无所止兮，聊浮游以逍遥[1]。及少康之未家兮，留有虞之二姚[2]。理弱而媒拙兮，恐导言之不固。世溷浊而嫉贤兮，好蔽美而称恶。

---

①言既后高辛，计无所之，且游戏观望也。　②少康：夏后相之子。有虞：国名。姚姓，舜后也。有虞之二姚：有虞国的两个公主。

闺中既以邃远兮，哲王又不寤。怀朕情而不发兮，余焉能忍与此终古[1]。

---

①自“朝发轫于苍梧”以下至此，述欲得明主，为致力之意。而其间有度彼之未必能容我，趑趄（zī jū）而不敢遽进者；有将往有所求，忽思其无好女遂止者；有欲因下女以通殷勤而无能得者；有既通言于女，稍为左右谗佞所毁沮，吾亦闻女淫游无礼，厌恶而与绝者；有为媒之人，凶恶轻佻，不告我以实，而他

人贿属，先我娶女者；有欲及女之未嫁，要而娶之，然理弱媒拙，自知终不可遂止者；盖无所适而不与我相左。要之，欲正己而有以求乎人，终无能得也。

索藑茅以筳篿兮[①]，命灵氛为余占之[②]。曰两美其必合兮，孰信修而慕之[③]？思九州之博大兮，岂唯是其有女[④]。曰勉远逝而无狐疑兮，孰求美而释女[⑤]？何所独无芳草兮，尔何怀乎故宇？世幽昧以昡曜兮[⑥]，孰云察余之善恶？民好恶其不同兮，惟此党人其独异[⑦]？户服艾以盈要兮[⑧]，谓幽兰其不可佩。览察草木其犹未得兮，岂珵美之能当[⑨]，苏粪壤以充帏兮[⑩]，谓申椒其不芳。

---

①索：取也。藑：同“琼”；折茅以占，故贵之曰琼茅。筳（tíng）：小折竹也。楚人名结草折竹以卜曰篿（zhuān）。
②灵氛：古之明占吉凶者也。 ③言两美（喻君明臣贤）终虽必合，然楚国孰有能信汝之修洁而慕之者，宜以时去也。
④女：美女，以比贤君。 ⑤美:以喻贤臣。女，同“汝”。
⑥昡（xuàn）曜：惑乱貌。 ⑦党：乡党也。谓楚国也。
⑧艾：白蒿，非芳草也。要：同“腰”。 ⑨珵（chéng）：美玉也。言时人观草木，尚不能别其香臭，岂能知玉之美恶所尚乎？ ⑩苏：取也。帏：谓之縢，即香囊也。

欲从灵氛之吉占兮，心犹豫而狐疑。巫咸将夕降兮[①]，怀椒糈而要之[②]。百神翳其备降兮，九疑缤其并迎[③]。皇剡剡其扬灵兮，告余以吉故[④]。曰勉升降以上下兮，求矩矱之所同[⑤]。汤禹严而求合兮，挚咎繇而能调[⑥]。苟中情其好修兮，又何必用夫行媒。说操筑于傅岩兮，武丁用而不疑[⑦]。吕望之鼓刀兮，遭周文而得举[⑧]。宁戚之讴歌兮，齐桓闻以该辅[⑨]。及年岁之未晏兮，时亦犹其未央。恐鹈鴂之先鸣兮[⑩]，使夫百草为之不芳。

---

①巫咸：古神巫也，当殷中宗之世。　②椒：香物，所以降神。糈（xǔ）：精米，所以享神。要，同“邀”。　③翳：蔽也。缤：盛貌。九疑：山名。此言九疑之神也。　④皇：皇天也。剡剡（yǎn）：光貌。吉故：吉利的故事，指下文所述君臣遇合的事例。　⑤矩矱：法度也。　⑥俨：敬也。言汤禹犹敬承天道，得伊尹、咎繇，乃能调和天下也。　⑦说：傅说也。傅岩：地名。武丁：殷之高宗也。言武丁梦得圣人，以其形像求之，因得傅说于傅岩，初非有左右荐达也，然而用之不疑。⑧《天问》曰：师望在肆昌何识？鼓刀扬声后何喜？　⑨宁戚：卫人，修德不用，退而商贾，宿齐东门外。桓公夜出，宁戚方饭牛，叩角而高歌曰：“南山粲，白石烂，生不逢尧与舜禅！……”云云。桓公闻而奇之，以为客卿。　⑩鹈鴂（tí jué）：鸟名。鹈即今子规，暮春始鸣，若云“不如归去”。鴂：伯劳也，五月始鸣，应阴而杀物。二鸟皆过春而鸣，故曰百草不芳。

何琼佩之偃蹇兮[①]，众薆然而蔽之[②]；惟此党人之不谅兮，恐嫉妒而折之。时缤纷其变易兮，又何可以淹留。兰芷变而不芳兮，荃蕙化而为茅。何昔日之芳草兮，今直为此萧艾也[3]。岂其有他故兮，莫好修之害也[4]！余以兰为可恃兮[5]，羌无实而容长[6]。委厥美以从俗兮[7]，苟得列乎众芳。椒专佞以慢慆兮[8]，榝又欲充夫佩帏[9]。既干进而务入兮，又何芳之能祗[10]？固时俗之流从兮，又孰能无变化？览椒兰其若兹兮，又况揭车与江离[11]！

---

①偃蹇：众盛貌。 ②薆（ài）：蔽之盛也。《尔雅·释言》：薆，隐也。 ③缤纷：时世纷乱。萧艾：贱草也。萧即蒿。此言往日明智之士，今皆佯愚狂惑不顾也。 ④言好自修洁者，往往罹祸害，若变节改行以徇俗，则无有此患。芳草之所以变为萧艾者，职此之由，故曰：莫好修之害也。 ⑤兰：旧说以为指怀王少弟，司马子兰，非是。实只是香草，非有所指斥。⑥容长：谓徒有外好耳。 ⑦委：弃也。 ⑧椒：旧说以为指楚大夫子椒，亦非是。实只是香木。慆（tāo）：淫也。 ⑨榝（shā）：茱萸也。帏：盛香之囊也。 ⑩祗：敬也。 ⑪揭车：亦香草，见前。江离：即蘼芜。揭车江离，虽亦香草，然不若椒兰之盛，今椒兰既如此，则二者从可知矣。

惟兹佩之可贵兮，委厥美而历兹[1]。芳菲菲而难亏兮，芬至今犹未沫[2]。和调度以自娱兮，聊浮游而求女[3]。及余饰之方壮兮，周流观乎上下[4]。灵氛即告余以吉占兮，历吉日乎吾将行。折琼枝以为羞兮[5]，精琼爢以为粻[6]。为余驾飞龙兮，杂瑶象以为车[7]。何离心之可同兮，吾将远逝以自疏[8]。

---

①惟：思也。历兹：谓逢此咎也。　②亏：损也。沬：同“昧”。　③和调度：自和调其心气，以适法度，故曰和调度。女：如前所言宓妃、佚女、二姚之属；或谓指同志人。　④余饰：谓琼佩及前章冠服之盛。　⑤羞：庶羞之羞。　⑥靡（mí）：屑也。粻（zhāng）：粮也。　⑦象：象牙也。　⑧离心：谓上下无与己同心者也。

邅吾道夫昆仑兮[1]，路修远以周流。扬云霓之晻蔼兮[2]，鸣玉鸾之啾啾。朝发轫于天津兮[3]，夕余至乎西极。凤皇翼其承旂兮[4]，高翱翔之翼翼[5]。忽吾行此流沙兮[6]，遵赤水而容与[7]。麾蛟龙使梁津兮[8]，诏西皇使涉予[9]。路修远以多艰兮，腾众车使径待[10]。路不周以左转兮[11]，指西海以为期[12]。屯余车其千乘兮，齐玉轪而并驰[13]。驾八龙之婉婉兮，载云旗之委蛇[14]。

---

①邅（zhān）：转也。昆仑：据《山海经》，在西北，帝之下都，百神之所在。　②云霓：盖以为旍（jīn）旗也。晻（yǎn）蔼：阴貌。　③天津：谓箕斗之间，汉津也。亦犹昆仑，非真地名，乃神话中地名也。　④旂：旗之一种。　⑤翼翼：严整有秩序。　⑥流沙：西极水名，亦神话中语。　⑦赤水：据《穆天子传》及《庄子》，亦神话中水名，言出昆仑。容与：游戏貌。　⑧麾：以手教也。梁：桥也。言麾蛟龙使为桥于津上，而乘之以渡。　⑨诏：告也。西皇：帝少皞也。

⑩腾：过也。言以道途险远，不使众车从我，今别取捷径，腾举先行，中道留而待我也。　⑪不周：山名，亦见《山海经》。⑫期：会也。　⑬轪（dài）：车辖也。　⑭委蛇：垂下而动摇之貌。

抑志而弭节兮，神高驰之邈邈[①]。奏《九歌》而舞《韶》兮[②]，聊假日以媮乐。陟升皇之赫戏兮[③]，忽临睨夫旧乡！仆夫悲余马怀兮[④]，蜷局顾而不行[⑤]！

---

①言虽按节徐行，然神犹高驰，邈邈然而远，莫能逮及。②《九歌》：禹乐也；《韶》：舜乐也。　③陟：升也。升皇：犹言天庭也。《庄子·秋水》篇："跐黄泉而登大皇"。"升皇"、"大皇"，光明貌。　④怀：思也。　⑤蜷局：诘屈不行貌。

乱曰[①]："已矣哉！国无人莫我知兮，又何怀乎故都？既莫足与为美政兮，吾将从彭咸之所居。"

---

①乱：理也；所以发理词指，总撮其要也。凡作篇章，既成，撮其大要，以为乱辞也。

九　歌

王逸序云："《九歌》者，屈原之所作也。昔楚国南郢之邑，沅湘之间，其俗信鬼而好祠；其祠必作歌乐鼓舞以乐诸神。屈原放逐，窜伏其域，怀忧苦毒，愁思沸郁，出见俗人，祭祀之礼，歌舞之乐，其词鄙陋，因为作《九歌》之曲；上陈事神之敬，下见己之冤结，托之以风谏，故其文意不同，章句杂错而广异义焉。"据此则《九歌》原为楚国祀神之歌而经屈原润色更定者。

东皇太一[1]

吉日兮辰良[2]，穆将愉兮上皇[3]。抚长剑兮玉珥[4]，璆锵鸣兮琳琅[5]。瑶席兮玉瑱[6]，盍将把兮琼芳[7]？蕙肴蒸兮兰藉[8]，奠桂酒兮椒浆[9]。扬枹兮拊鼓[10]，疏缓节兮安歌[11]，陈竽瑟兮浩倡[12]。灵偃蹇兮姣服[13]，芳菲菲兮满堂[14]。五音纷兮繁会[15]，君欣欣兮乐康[16]。

---

①一：神名，天之尊神，祠在楚东，以配东帝，故曰东皇。《汉书》云：天神贵者，太一。《淮南子》曰：太微者，太一之庭；紫宫者，太一之居。此歌以祀东皇太一也。　②吉日、辰良：盖相错成文，则语势矫健。韩退之云，"春与猿吟兮，秋鹤

与飞”，用此体也。 ③穆：恭肃貌。愉：乐也。上皇：谓东皇太一也。 ④珥（ěr）：剑鼻也，手所常握处。 ⑤璆（qiú）：玉声。锵鸣：状其鸣声。琳琅：皆美玉也。 ⑥瑶：白玉也。瑱：与“镇”同，所以压神位之席也。言以瑶为席，以玉为镇。 ⑦盍将把兮琼芳：犹言得无将把琼芳乎？琼：红玉也。⑧蕙肴：特假以言肴之美。蒸：同“烝”，进也。藉：荐也。《易》：“藉用白茅”。兰藉：言以兰为藉也。 ⑨桂酒椒浆，无非言其芳冽。 ⑩扬：举也。枹（fú）：击鼓槌也。拊（fǔ）：击也。此篇辞句整齐，独此处稍有参差，疑脱一句。 ⑪疏缓节：谓不令歌曲徐缓之节奏，更成急促也。 ⑫浩：大也。⑬灵：谓巫也，谓神降于巫之身者也。偃蹇：缓舞也。 ⑭菲菲：芳貌。 ⑮繁会：错杂也。 ⑯君：东皇太一也。

云中君[①]

浴兰汤兮沐芳[②]，华采衣兮若英[③]。灵连蜷兮既留[④]，烂昭昭兮未央[⑤]。蹇将憺兮寿宫[⑥]，与日月兮齐光[⑦]。龙驾兮帝服[⑧]，聊翱游兮周章[⑨]。灵皇皇兮既降[⑩]，猋远举兮云中[⑪]。览冀州兮有余[⑫]，横四海兮焉穷[⑬]？思夫君兮太息[⑭]，极劳心兮忡忡[⑮]！

---

①云中君：云神也，一曰丰隆，一曰屏翳。此歌以祀云神也。 ②芳：芷也。 ③华采：五色采也。若英：如花也。④灵：说见前。连蜷：言留连之久也。 ⑤烂：光貌。昭昭：明也。未央：未已也。 ⑥憺（dàn）：安也。寿宫：供神之

处。　⑦言云神爵位尊高，乃与日月同光也。　⑧龙驾：谓龙为引车也。帝服：言云神服饰华盛若天帝。　⑨周章：周流也。以上言云神来下，与我相得，晏然游处。　⑩灵：谓云神也。皇皇：美貌。　⑪猋（biāo）：去疾貌，或谓与“飘”同。⑫楚人举冀州，言其去远也。　⑬以上言云神既下，疑若久留此者，乃忽然远举云中，横览冀州，遍乎四海，莫知其穷极。⑭君：指云神。　⑮忡忡（chōng）：忧心貌。

湘　君[①]

君不行兮夷犹[②]，蹇谁留兮中洲[③]？美要眇兮宜修[④]。沛吾乘兮桂舟[⑤]。令沅湘兮无波，使江水兮安流[⑥]。望夫君兮未来，吹参差兮谁思[⑦]？

---

①湘君之说凡三：其一，以湘君为尧之二女，舜妃也；其二，以湘君为湘水神，而湘夫人则指尧之二女；其三，谓湘君为尧长女，舜正妃娥皇是也，而湘夫人则为尧次女，舜次妃女英也。三说之中，最后者较胜。　②君：谓湘君。夷犹：即“犹豫”也。　③谁：何也。谓何久留在中洲也。水中可居曰“洲”。　④要：通“窈”。眇：即“妙”。窈眇：状其绝艳，望之仿佛，不可得指定之貌。宜修：谓宜修饰也。⑤沛：行疾貌。　⑥言见湘君留在中洲，急乘桂舟且将邀之，因祈神令沅湘及江水，无波而安流，冀已可往也。《山海经》言湘君出入，必有暴风飘雨随之，故云。　⑦参差：洞箫也。言

湘君不果来矣，又吹箫若有所思，果思谁耶？

驾飞龙兮北征，邅吾道兮洞庭[①]。薜荔柏兮蕙绸[②]，荪桡兮兰旌[③]。望涔阳兮极浦[④]，横大江兮扬灵。扬灵兮未极[⑤]，女婵媛兮为余太息[⑥]。横流涕兮潺湲[⑦]，隐思君兮陫侧[⑧]。

---

①邅（zhān）：回转也。　②柏：通“箔”，帘子，船屋的门窗上所挂。蕙绸：以蕙草织为帷帐。绸，通“帱”，或作“幬”，即床帐。　③桡：船桨也。　④涔（cén）阳：涔阳浦，在今湖南澧县。极：远也。浦：水涯也。　⑤极：已也。言湘君虽北去，未至全过江。　⑥婵媛：牵恋貌。女：湘君之女侍也。　⑦潺湲（chán yuán）：流貌。　⑧隐：痛也。君：湘君也。陫恻：犹言内心忧痛。

桂櫂兮兰枻[①]，斲冰兮积雪。采薜荔兮水中[②]，搴芙蓉兮木末[③]。心不同兮媒劳，恩不甚兮轻绝[④]。石濑兮浅浅[⑤]，飞龙兮翩翩。交不忠兮怨长，期不信兮告余以不闲[⑥]。

---

①櫂（zhào）：同“棹”，长的船桨。枻（yì）：船旁板也。　②薜荔：缘木而生，必于水中采之。　③搴：谓把握而取之。芙蓉：荷花，生在水中，必求之于木末也。　④自“扬灵兮未极”至此句，言湘君既不肯与我相见，侍女为我叹息，吾亦有流涕潺湲，而此心隐然思君，徒怀忧而已。况又遇冰雪之艰，舟不可急进，遂不得与湘君相遇，至以薜荔芙蓉为喻。所以如此者，湘君意不与我同，侍女为媒者徒费力，而恩意初不

甚厚，遂至于轻相弃江北去。　⑤石濑（lài）：沙石间的浅水滩。浅浅（jiān）：水流迅疾的样子。　⑥闲：暇也。言我之与湘君为期者，未可以为至信，湘君故告我以北征无暇，不得相见。以上二句皆见自怨自艾之情。

鼂骋骛兮江皋[①]，夕弭节兮北渚。鸟次兮屋上，水周兮堂下[②]。捐余玦兮江中，遗余佩兮醴浦[③]。采芳洲兮杜若，将以遗兮下女[④]。时不可兮再得，聊逍遥兮容与[⑤]！

---

①鼂：与“朝”同。骋骛：疾驰，奔腾。谓船疾。　②以上四句，言湘君既已北去，而吾意尚欲追及之，于是朝则更鞭马，驰骛于江皋，然终不能相及，至夕不免弭节于北渚，是时天已暮矣，止见鸟栖于屋上，水周于堂下而已。是述其凄寂不能自胜也。弥节：慢慢停下来。次：栖止。周：环流。玦（jué）：一种玉制的饰物。　③言我既不得与湘君相见，终至捐玦遗佩，言勿以装饰为也。　④但湘君之侍女为我劳心，不可无以报之，故采杜若，将以赠之。　⑤此述其攀恋不能已之情也。

湘夫人[①]

帝子降兮北渚[②]，目眇眇兮愁予[③]。袅袅兮秋风[④]，洞庭波兮木叶下。

---

①湘夫人：指尧女女英，说见前。　②帝子：谓尧女，即女英也。　③眇眇（miǎo）：犹言杳杳，谓帝子之神降于北

渚，举目望之，杳然在远，是以使我愁思。 ④袅袅：微风徐徐。此二句记其时，言心既忧悒，而风物更萧瑟。

登白薠兮骋望[①]，与佳期兮夕张[②]。鸟何萃兮蘋中[③]，罾何为兮木上[④]？

---

①薠：草名，秋生，南方湖泽多有之，雁所食也。一本作“蘋”。骋望：纵目也。 ②佳：谓湘夫人也。张：陈设也。③萃：集也。 ④罾（zēng）：鱼网也。“登白薠兮骋望，与佳期兮夕张”，言既望之，又与之期，且将待夕供张而迎之；“鸟何萃兮蘋中，罾何为兮木上”？则又自顾疑虑，惧帝子未必肯来相见，而我之所为，譬如鸟集蘋中，罾施木上，无非徒劳耳。

沅有茝兮澧有兰，思公子兮未敢言[①]。荒忽兮远望，观流水兮潺湲。麋何食兮庭中，蛟何为兮水裔？朝驰余马兮江皋，夕济兮西澨[②]。

---

①公子：谓湘夫人也。上句“沅有茝兮澧有兰”则所以起兴也。 ②澨（shì）：水涯也。朝驰夕济，犹上篇江皋北渚之意。“麋何食兮庭中”二句喻失宜也。麋食于庭中，蛟游于水裔，难如所欲，譬己之欲见湘夫人也。然吾终不能自释于怀，于朝则驰马于江皋，至夕远济自西澨，营营不自歇也。

闻佳人兮召余，将腾驾兮偕逝。筑室兮水中，葺之兮荷盖[①]。荪壁兮紫坛[②]，播芳椒兮成堂[③]。桂栋兮兰橑[④]，辛夷楣兮药房[⑤]。罔薜荔兮为帷[⑥]，擗蕙櫋兮既张[⑦]。白玉兮为镇，疏石兰兮为芳[⑧]。芷葺兮荷屋，缭之兮杜衡[⑨]。合百草兮实庭[⑩]，建芳馨兮庑门[⑪]。九嶷缤兮并迎[⑫]，灵之来兮如云[⑬]。

---

①葺之兮荷盖：犹下文之“芷葺兮荷屋”，极言其清洁。　②荪：香草也，以为壁。紫：紫贝也，累以为坛。　③播：播种。　④橑（lǎo）：椽也。　⑤楣：门户上横梁也。药：白芷也。　⑥罔：结也。　⑦擗（pì）：折也。櫋（miǎn）：檐也。　⑧疏：布陈也。石兰：香草。　⑨缭：缚束也。言以杜衡缭其屋也。　⑩言合百草之花，以实庭中。　⑪庑：同“怃”，言覆其门也。以上皆言筑屋水中，备极芳洁，要迎帝子与居也。以下二句忽转，言舜使山神来迎，湘夫人倏将去也。⑫九嶷：山名，舜所葬也。缤：盛貌。　⑬言舜使九嶷山神来迎，缤然如云也。

捐余袂兮江中，遗余褋兮澧浦[①]。搴汀洲兮杜若[②]，将以遗兮远者。时不可兮骤得，聊逍遥兮容与。

---

①褋（dié）：禅也。此二句与前章捐玦遗佩同意。或谓捐袂遗褋乃欲轻装而追之之意。　②汀：水平，引申为水边平地，小洲。

大司命[①]

广开兮天门，纷吾乘兮玄云[②]。令飘风兮先驱，使涷雨兮洒尘[③]。

---

①大司命：星名。旧说司命星凡二，故有大司命与少司命，主知生死，辅天行化。 ②纷散乱貌。 ③涷雨（dōng）：暴雨也。

君回翔兮以下[①]，逾空桑兮从女[②]。纷总总兮九州[③]，何寿夭兮在予[④]！

---

①君：大司命也。 ②空桑：山名。言见神既降，而遂往从之。女：同“汝”，指大司命也。 ③总总：众貌。 ④予：大司命自称也。此盖设为大司命之语，叹其威权之盛，曰，九州人民之众如此，何其寿夭之命皆在于己也！

高飞兮安翔，乘清气兮御阴阳[①]。吾与君兮齐速[②]，导帝之兮九坑[③]。

---

①阴阳：犹言寒温。 ②齐：当为“斋”之讹。速：同“遬”。斋遬，诚虔而恭谨的样子。 ③九坑：谓九州之山也。此言已得奉神明而周行宇内九州也。坑（gāng）：洪兴祖《楚辞补注》曰：“坑，音冈，山脊也。”

灵衣兮被被[1]，玉佩兮陆离。壹阴兮壹阳[2]，众莫知兮余所为[3]。

---

①被被：长貌。　②壹阴兮壹阳：言其变化循环，无有穷已。　③余：大司命也。

折疏麻兮瑶华[1]，将以遗兮离居[2]。老冉冉兮既极，不浸近兮愈疏[3]。

---

①疏麻：传说中的神麻，常折以赠别。瑶华：神麻的花朵。②离居：隐者也。言我虽出阴入阳，流历殊方，犹思离居隐士，将折神麻采玉华以遗之。　③上言将与离居者亲近，此则又自叹已亦冉冉老矣，不得稍与众亲，且将益疏。

乘龙兮辚辚[1]，高驰兮冲天。结桂枝兮延伫，羌愈思兮愁人[2]。愁人兮奈何？愿若今兮无亏[3]。固人命兮有当，孰离合兮可为[4]？

---

①辚辚（lín）：车声也。　②言乘龙冲天，与众人愈远而心愈愁也。　③无亏：谓保宁志行无损缺也。　④当：犹值也。言人之命，各有所当值，不能强为。

少司命[1]

秋兰兮麋芜[2]，罗生兮堂下[3]。绿叶兮素枝，芳菲菲兮袭予[4]。夫人兮自有美子[5]，荪何以兮愁苦[6]？

①少司命：星名，主知生命，辅天行化。 ②麋芜：芎䓖（qióng），草名，甚香。 ③罗生：言二物并列而生也。 ④言香气郁勃，来薄于我也。 ⑤夫人：犹言凡人也。 ⑥荪：指司命。

秋兰兮青青，缘叶兮紫茎[1]。满堂兮美人，忽独与余兮目成。

①二句所以起兴也。

入不言兮出不辞，乘回风兮载云旗[1]。悲莫悲兮生别离，乐莫乐兮新相知！

①不言、不辞：言司命独与我目成而已，初无交一言，今乃复忽然弃我。乘风、载旗而去者，何邪？此深自疑讶之辞，而攀恋思慕之情，亦在其中矣。

荷衣兮蕙带，倏而来兮忽而逝[1]。夕宿兮帝郊[2]，君谁须兮云之际[3]？

①倏（shū）：迅疾。 ②帝：谓天帝。 ③须：待也。言司命既弃我而去，夕宿于帝郊，久留于云中，不知待何人也。

（与女游兮九河，冲风至兮水扬波）①。

①古本无此二句，王逸亦无注。疑是《何伯》章中语，错入此章者也。

与女沐兮咸池①，晞女发兮阳之阿②。望美人兮未来③，临风怳兮浩歌④。

①女：指司命。咸池：天池也。 ②晞：干也。阿：隈也。按此二句皆希望之词。 ③美人：指司命。 ④怳：失意貌。

孔盖兮翠旍①，登九天兮抚彗星②。竦长剑兮拥幼艾③，荪独宜兮为民正④。

①孔盖：谓孔雀之翅为车盖也。旍（jīn）：旌也。 ②言欲扫除邪恶也。 ③竦（sǒng）：执，持。幼艾：少年美好者之称。 ④荪独宜：即“独荪宜”，只有您才适合。民正：人民的命运主宰。

东君①

暾将出兮东方②，照吾槛兮扶桑③。抚余马兮安驱④，夜皎皎兮既明⑤。驾龙辀兮乘雷⑥，载云旗兮委蛇。长太息兮将上，心低佪兮顾怀⑦。羌声色兮娱人⑧，观者憺兮忘归⑨。緪瑟兮交鼓⑩，箫钟兮瑶簴⑪。鸣篪兮吹竽⑫，思灵保兮贤姱⑬。翾飞兮翠曾⑭，展诗兮会舞⑮。应律兮合节，灵之来兮蔽日⑯。青云衣兮白霓裳，举长矢兮射天狼⑰。操余弧兮反沦降⑱，援北斗兮酌桂浆⑲。撰余辔兮高驰翔⑳，杳冥冥兮以东行。

---

①东君：谓日也。 ②暾（tūn）：日初出时光容敦大之貌。 ③扶桑：木名，其高万仞，日以为槛也。 ④余：谓日也。 ⑤以上四句言日将出，羲和御之，安驱徐行，使幽昧之夜皎皎而复明也。 ⑥辀（zhōu）：车辕也，言龙以为车辕。 ⑦按此二句，王逸以为同上六句，并指日神；朱注则以为自首句至此，皆祭者之陈词。王说似较安。 ⑧王逸谓声色亦属日。朱注谓乃指下方所陈钟鼓竽瑟声音之美，灵巫会舞容色之盛。王说是也。 ⑨憺（dàn）：安也。 ⑩緪（gèng）：急张弦也。交鼓：对击鼓也。 ⑪王念孙云：箫，通“摗”；《广雅》，摗：击也。瑶：读为摇。摇：动也。《招魂》云：“铿钟摇簴（jù）”，正译此文。 ⑫篪（chí）：通“箎”，古代的竹管乐器。 ⑬灵保：神巫也。姱：好貌。思：语助词。 ⑭翾，疑为“翥”之讹。翥，高举也。 ⑮会舞：合舞也。

⑯言日神从官之众也。 ⑰天狼：星名，以喻贪残。
⑱余：指日。言日既中天，乃复向西落也。 ⑲斗：谓玉爵。北斗：星名，借以喻酌酒之斗。 ⑳撰：持也。

河 伯[①]

与女游兮九河[②]，冲风起兮横波。乘水车兮荷盖，驾两龙兮骖螭[③]。登昆仑[④]兮四望，心飞扬兮浩荡。日将暮兮怅忘归，惟极浦兮寤怀[⑤]。

---

①河伯：九河之长也。《山海经》称为冰夷，《穆天子传》称为无夷，《淮南子》作冯迟。通常作冯夷，黄河之神也。
②女：指河伯。 ③骖：古代用四马驾车，中间两匹叫服，两边的叫骖，此处作动词。螭（chī）：《说文》谓“如龙而黄，北方谓之地蝼，一说是无角龙。” ④昆仑山，河源所从出，亦为神之上都。 ⑤惟：思也。寤：觉也。言己方乐而忘归，然思及河之极浦，则又蘧然觉而愁思也。

鱼鳞屋兮龙堂，紫贝阙兮珠宫[①]，灵何为兮水中？乘白鼋兮逐文鱼[②]，与女游兮河之渚，流澌纷兮将来下[③]。子交手兮东行，送美人兮南浦[④]。波滔滔兮来迎，鱼邻邻兮媵予[⑤]。

---

①言何伯所居，以鱼鳞盖屋，堂画蛟龙之文，紫贝作阙，朱丹其宫，形容异制，甚鲜好也。 ②鼋：大鳖也。文鱼：鲤也。 ③流澌：解冰也。 ④美人：指河伯。 ⑤邻 ：

“鳞”之借字。邻邻：状鱼之多也。媵：送也。

山鬼[①]

若有人兮山之阿，被薜荔兮带女萝[②]；既含睇兮又宜笑，子慕予兮善窈窕[③]。乘赤豹兮从文狸，辛夷车兮结桂旗。被石兰兮带杜衡，折芳馨兮遗所思。余处幽篁兮终不见天[④]，路险难兮独后来[⑤]。

---

①山鬼：山神也。②女萝：松蔓，附生松树上，成丝状下垂。或谓菟丝也。③子：谓山鬼。④篁：竹林也。⑤言己因深处幽篁，音信隔绝，且路途崎岖难行，愆期后至，故独不及受遗也。

“表独立兮山之上[①]，云容容兮而在下[②]。杳冥冥兮羌昼晦[③]，东风飘兮神灵雨。留灵修兮憺忘归，岁既晏兮孰华予[④]？”

采三秀兮于山间[⑤]，石磊磊兮葛蔓蔓。怨公子兮怅忘归[⑥]，君思我兮不得闲[⑦]。山中人兮芳杜若，饮石泉兮荫松柏。君思我兮然疑作[⑧]。

---

①表：特也。言山鬼后至，持立于山之上，而自异也。②容容：飞扬貌。③羌：发语词。④华予：以我为美。以上六句，大意言己后来独立于山上，于是云皆在于下，昼既晦

冥，神灵又复降雨，难于与山鬼相见也。　⑤三秀：芝草也。⑥公子：或谓指公子椒，或谓指公子兰。俱近附会。此特泛言之耳，非必有所指也。　⑦言山鬼非不思我，特未得闲相见耳。⑧然疑作：言忽信忽疑也。

雷填填兮雨冥冥[①]，猿啾啾兮狖夜鸣，风飒飒兮木萧萧，思公子兮徒离忧！

---

①填填：雷声也。雨冥冥：言往者之雨，至此益甚。

国　殇[①]

操吴戈兮被犀甲，车错毂兮短兵接[②]。旌蔽日兮敌若云，矢交坠兮士争先。凌余阵兮躐余行[③]，左骖殪兮右刃伤[④]。霾两轮兮絷四马[⑤]，援玉枹兮击鸣鼓。天时怼兮威灵怒[⑥]，严杀尽兮弃原野[⑦]。

---

①国殇：谓死于国事者。按《九歌》乃祀神之乐歌，《山鬼》以上九篇各祀一神。独此篇《国殇》性质不同，疑本为独立诗歌，后人不察，误入《九歌》之群耳。　②言戎车相迫，轮毂交错。　③凌：犯也。躐（liè）：践也。　④殪：死。右刃伤：言其右骓马被刃伤也。　⑤霾（mái）：同"埋"。⑥怼：一作"坠"，一作"队"，怨也，言天不佑己也。威灵：谓鬼神也。　⑦严杀：犹言鏖战痛杀也。

出不入兮往不反，平原忽兮路超远。带长剑兮挟秦弓，首身离兮心不惩[1]。诚既勇兮又以武，终刚强兮不可凌。身既死兮神以灵，魂魄毅兮为鬼雄。

①惩：畏惧。犹言死而无悔也。

礼　魂[1]

成礼兮会鼓，传芭兮代舞[2]，姱女倡兮容与[3]。春兰兮秋菊，长无绝兮终古。

①礼魂：谓以礼美终者。　②芭：同“葩”，香草也，巫所持。代：更番交代也。言巫持芭而舞，讫复传与人，更用之也。　③姱（kuā）：好也。

九　章

《九章》者，屈原之所作也。屈原既放，思君念国，随事感触，辄形于声；后人辑之，得其九章，合为一卷，非必出于一时之言也。

惜　诵[①]

惜诵以致愍兮[②]，发愤以抒情。所非忠而言之兮，指苍天以为正[③]。令五帝以枏中兮[④]，戒六神与向服[⑤]。俾山川以备御兮[⑥]，命咎繇使听直[⑦]。

---

①此章言己所思信事君，可质于神明，而为谗邪所蔽，进退不可，惟博采乐善，以自处而已。当为屈原初获罪时所作，时原尚在郢都也。　②惜：爱而有忍之意。诵：言也。致：极也。愍：忧也。言始者爱惜其言，忍而不发，以致极其忧愍之心，至于不得已，而后发愤懑以抒其情也。　③所：誓词也。言我之言有非出于中心者，天厌之（指苍天以为证）。　④五帝：谓五方之神也。东方为太皞，南方为炎帝，西方为少昊，北方为颛顼，中央为黄帝。枏（xī）：同“析”，分别也。枏中：犹言判正也。　⑤六神：一曰日、月、星、水旱、四时、寒暑也；一曰

星辰、风伯、雨师、司中、司命也；一曰天、地、四时也；一曰，天三：日、月、星辰；地三：太山、河、海也。向：对也。向服：谓对面听取其言也。 ⑥俾（bì）：使也。 ⑦咎繇（yáo）：即皋陶，舜时的法官。听直：听其说之曲直也。

竭忠诚而事君兮，反离群而赘疣①。忘儇媚以背众兮，待明君其知之②。言与行其可迹兮③，情与貌其不变④。故相臣莫如君兮⑤，所以证之不远⑥。吾谊先君而后身兮⑦，羌众人之所仇也。专惟君而无他兮，又众兆⑧之所仇也。壹心而不豫⑨兮，羌不可保也⑩。疾亲君而无他兮⑪，有招祸之道也。思君其莫我忠兮⑫，忽忘身之贱贫⑬。事君而不贰兮，迷不知宠之门⑭。

---

①言已竭忠诚之心以事君，反与群邪相离，视我如赘疣也。 ②儇（xuān）：轻佻。此二句言吾固忘儇媚之态，与众相背，冀得贤明之君，始有知之而已。 ③谓人之言行，可踪迹而得其虚实。 ④谓内情与外貌又难变匿。 ⑤犹言“知臣莫若君”也。 ⑥言日与亲接也。 ⑦谊：同“义”。此句言我所以修执忠信仁义者，诚欲先安君父，然后乃及于身也，夫君安则已安，君危则己危也。 ⑧兆：众也。众兆：犹言众庶也。 ⑨豫：诈也。 ⑩不可保：言君若不察，则必为众人所害也。 ⑪疾：犹力也，与上文“专惟君……”之语同。俞樾谓“疾”字乃“矦”字之误，古文“矦”作“灰”，与“疾”相似；矦：语词也。 ⑫言人之思君，莫有忠于我者。 ⑬言忘已之贱贫而欲自进以效其忠。 ⑭言竭忠事君，无有二心，初不知邀恩

固宠之道也。

忠何罪以遇罚兮，亦非余心之所志[1]。行不群以颠越兮，又众兆之所咍也[2]。纷逢尤以离谤兮[3]，謇不可释也[4]。情沉抑而不达兮，又蔽而莫之白也。心郁邑余侘傺兮[5]，又莫察余之中情[6]。固烦言不可结而诒兮[7]，愿陈志而无路[8]。退静默而莫余知兮，进号呼又莫吾闻！申侘傺之烦惑兮，中闷瞀之忳忳[9]。

①志：即知也。《礼记》郑注：志犹知也（俞樾说）。②咍（hāi）：楚语，调笑也。③纷：乱也。尤：过也。离：遭也。④謇（jiǎn）：语词也。释：解释也。⑤侘傺（chà chì）：失意貌。⑥朱子谓"中情"以韵叶之，当作"善恶"，因《骚经》一句差互耳。⑦诒：赠也。结而诒：谓缀辞寄遗也。《思美人》有"言不可结而诒"，《抽思》有"结微情以陈词"，并此意。⑧上句言烦思不可函述，此句言又无路面诉。⑨瞀（mào）：乱也。忳忳（tún tún）：忧貌。

昔余梦登天兮，魂中道而无杭[1]。吾使厉神占之兮[2]，曰："有志极而无旁[3]，终危独以离异兮？"曰："君可思而不可恃[4]，故众口其铄金兮，初若是而逢殆[5]。惩于羹者而吹整兮[6]，何不变此志也[7]？欲释阶而登天兮，犹有曩之态也[8]！众骇遽以离心兮，又何以为此伴也[9]！同极而异路兮[10]，又何以为此援也！”

①杭：通“航”。　②厉：主杀伐之神也。　③旁：辅也。言梦登天而无航渡者，其占为但有心志劳极而无辅助也。　④谓屈原终危孤茕（qióng）独，致与众离异，盖原固曰“君可思念，为竭忠谋，然所谓君者亦不可恃也”。　⑤言自古有众口铄金之喻，屈原不明此理，初以君为可恃，不知谗言既多，君心亦移，故卒遭危殆也。　⑥羹热而冷韲；有人饮羹中热，后见冷韲尚吹之，言戒心之深也。韲（jī）：醢（hǎi）酱所和细切为韲。　⑦此二句，言屈原既已遭谗而逢殆，宜深自戒惧，如惩于羹者之吹韲；然而至今犹不改常态者何也。　⑧释：舍也。言今之世而欲以忠直事君，譬如释阶而登天，其无能为必矣；而原仍有曩时之态，可怪也。　⑨言众人见原忠真，皆骇遽而离心，原终不能得同心之侣伴也。　⑩同极：谓屈原欲与众人同事一君。异路：谓原与众人忠佞不相容。

晋申生之孝子兮，父信谗而不好。行婞直而不豫兮[1]，鲧功用而不就[2]。吾闻作忠以造怨兮[3]，忽谓之过言[4]。九折臂而成医兮，吾至今而知其信然！矰弋机而在上兮[5]，罻罗张而在下[6]。设张辟以娱君兮[7]，愿侧身而无所[8]。欲儃佪以干傺兮[9]，恐重患而离尤。欲高飞而远集兮，君罔谓汝何之。欲横奔而失路兮，盖坚志而不忍[10]。背膺牉以交痛兮[11]。心郁结而纡轸[12]。

①婞（xìng）直：倔强、刚直。豫：诈也。　②言鲧（gǔn）

以婞直不诈为尧所戮，治水之功，终不得成也。　③吾闻：犹言“始吾闻……”也。　④忽：忽略也。　⑤机：动词，犹言设也。　⑥罻（wèi）罗：捕鸟网也。张：张布以伺也。⑦张：弧张之张。辟：谓机辟。张辟：以喻法网。　⑧言动辄得咎，无处可避也。　⑨儃（chán）佪：与“邅回”同，犹言迂回也。干傺（chì）：犹言求察也。　⑩以上六句，极言其进退两难，动辄得咎，而又不忍变节易操。　⑪胖（pàn）：半分也。言上文之三不可为，左右为难之情，譬如半分背膺，痛楚难忍。　⑫纡：萦也。轸（zhěn）：痛也。

捣木兰以矫蕙兮[①]，糳申椒以为粮[②]。播江离与滋菊兮，愿春日以为糗芳。恐情质之不信兮，故重著以自明[③]。矫兹媚以私处兮[④]。愿曾思而远身[⑤]。

---

①矫：犹“糅”也。　②糳（zuò）：《说文》粝米一斛舂九斗曰糳。　③言己修善不懈，恐君不察，故复重陈服食之芳洁以自明也。　④矫：举也。媚：爱也。谓所爱之道与所守之节也。私处：犹曰自娱也。　⑤曾（céng）：重也。远身：谓避害。

涉　江[①]

余幼好此奇服兮，年既老而不衰。带长铗之陆离兮[②]，冠切云之崔嵬[③]，被明月兮佩宝璐[④]。世溷浊而莫余知兮，吾方高驰而不顾[⑤]。驾青虬兮骖白螭，吾与重华游兮瑶之圃[⑥]。登昆仑兮食玉英，与天地兮同寿，与日月兮齐光。哀南夷之莫吾知兮⑦，旦余济乎江湘⑧。

---

①此篇为屈原在怀王时南徙所作。“欸秋冬之绪风”，是其时，曰“乘鄂渚”，曰“上沅”，曰“朝发枉陼，夕宿辰阳”，皆其地。其后二三年，原又被召回。 ②铗（jiá）：剑把也。 ③切云：冠名。 ④明月：谓“明月之珠”也。璐（lù）：美玉名。 ⑤高驰而不顾：言服本明洁，自然与溷浊不合，惟有各行其志而已。 ⑥重华：舜名。 ⑦南夷：谓楚国也。 ⑧旦：明旦也。

乘鄂渚而反顾兮①，欸秋冬之绪风②。步余马兮山皋，邸余车兮方林③。乘舲船余上沅兮④，齐吴榜以击汰⑤。船容与而不进兮，淹回水而凝滞⑥。朝发枉陼兮夕宿辰阳⑦。苟余心其端直兮，虽僻远之何伤⑧！

---

①鄂渚：今湖北武昌也。 ②欸（āi）：叹也。绪：余也；绪风：余风也。 ③邸：至也。自“旦余济乎江湘”至此句，似屈原此行已涉江，舣舟鄂渚，自是循大湖东边，陆行至方林，复乘舟上沅也。以下盖记“上沅”以后之行程。 ④舲（líng）船：船有船牖者。 ⑤齐：众用力也。吴榜：言效吴国所为之榜棹也。汰：水波也。 ⑥凝：一作“疑”。回水：回流也。 ⑦枉陼：《水经》言是沅水东经辰阳县后又东之小湾。居阳：以其在辰水之阳，故名，在今湖南辰溪。 ⑧上文

“乘鄂渚而反顾”，及“步马……”“邸车……”皆以言将溯沅时尚留连徘徊未忍决然也。“淹回水而凝滞”是方溯时犹徘徊未决然也。终知徘徊无益，遂奋然前往，“虽僻远其何伤”，故朝发枉陼，夕宿辰阳，行程迅速也。

入溆浦余儃佪兮①，迷不知吾所如。深林杳以冥冥兮，乃猿狖之所居。山峻高以蔽日兮，下幽晦以多雨②。霰雪纷其无垠兮，云霏霏而承宇③。哀吾生之无乐兮，幽独处乎山中。吾不能变心而从俗兮，固将愁苦而终穷④。接舆髡首兮⑤，桑扈臝行⑥。忠不必用兮，贤不必以⑦。伍子逢殃兮⑧，比干菹醢。与前世而皆然兮⑨，吾又何怨乎今之人！余将董道而不豫兮⑩，固将重昏而终身⑪。

---

①溆：水名。源出湖南溆浦县境，西北流经辰溪县南，入沅水。浦：水滨也。然《文选·五臣》注：“溆亦浦类”，是不以溆为水名矣。又杜甫诗：“舟人渔子入浦溆”，溆亦作水浦解。且溆水古名序水，屈原所言如系序水，则不当作“溆”也。此句盖谓更循水滨而行耳。王逸注以“溆浦”为水名，非是。儃佪：同“邅回”。　②言暑湿泥泞也。　③“山峻高……”二句言夏时地气，“霰雪纷……”二句言冬时地气。自“入溆浦……”至此，凡言入浦，入林，入山，三层，历诸苦境，皆承“迷不知吾所如”言之也。　④此言入山既深，乃得我安身之所；既不能变心从俗，惟有幽居遁隐耳。　⑤接舆：楚狂也。髡（kūn）：去发也。　⑥桑扈：或谓即《庄子》之子桑户。臝行：赤体而

行也。 ⑦以：亦用也。 ⑧伍子：伍子胥也。 ⑨与：犹“谓”也。古与“谓”通。 ⑩董：正也。 ⑪重昏：谓重复暗昧，终不复见光明也。

乱曰：鸾鸟凤皇，日以远兮。燕雀乌鹊，巢堂坛兮。露申辛夷①，死林薄兮②。腥臊并御，芳不得薄兮③。阴阳易位，时不当兮。怀信侘傺④，忽乎吾将行兮。

①露申：谓暴露而横卧之使伸长也。 ②草木交错曰“薄”。 ③薄：迫近也。 ④言怀忠信不合于众。

哀 郢①

皇天之不纯命兮②，何百姓之震愆③。民离散而相失兮④，方仲春而东迁⑤。去故乡而就远兮，遵江夏以流亡⑥。出国门而轸怀兮⑦，甲之朝吾以行⑧。

①此篇为襄王时所作。篇中云“至今九年而不复”，是南迁经九年后所作，则篇首载初出郢逾江时事，皆追叙也。 ②喻襄王之多暴怒也。 ③愆：咎也。言王多暴怒，是以其百姓多震惊罹咎愆者。 ④王逸注，以为原与家室相失也。朱注谓：屈原被放时，适逢凶荒，人民离散而原亦在行中，闵其流离，因以自伤。按王说较胜。 ⑤屈原于怀王时南迁，自夏口东南乱江，舣舟鄂渚，自是循湖滨西南，至沅湘间，更溯沅而南，在沅湘近旁而言之也。今则遵夏水出江，自江入洞庭，循其东南大

湾，更复东行，寄居之地，大都远出郢都东，故曰东迁也。　⑥江：大江也。夏或谓即夏水，或以为自江而别以通于汉，还复入江，冬竭夏流，故谓之夏。按下文“江与夏之不可涉”，可知江与夏系两水名。屈原是时循夏水而行，然以夏水自江而别，故曰江夏。　⑦轸：痛也。　⑧甲：日也。朝：旦也。言以二月甲日朝旦初去郢也。

发郢都而去闾兮，怊荒忽其焉极？楫齐扬以容与兮①，哀见君而不再得。望长楸而太息兮②，涕淫淫其若霰。过夏首而西浮兮③，顾龙门而不见④。心婵媛而伤怀兮⑤，眇不知其所蹠⑥。顺风波以从流兮，焉洋洋而为客⑦。凌阳侯之泛滥兮⑧，忽翱翔之焉薄⑨。心絓结而不解兮⑩，思蹇产而不释⑪。

---

①容与：徘徊也。　②楸（qiū）：梓也。　③夏首：夏水口也。谓夏水注江处。　④龙门：一曰楚郢都东门；一曰南关三门之一，又名修门。　⑤婵媛：牵恋之貌。　⑥蹠（zhí）：踏也。　⑦焉：作“如此”解。洋洋：无所归貌。　⑧阳侯：大波之神。阳国之侯，溺水而死，其神能为大波。　⑨薄：止也。　⑩絓（guà）：悬也，牵挂之意。　⑪蹇产：诘屈貌，即曲折，不流畅。

将运舟而下浮兮①，上洞庭而下江②。去终古之所居兮③，今逍遥而来东。羌灵魂之欲归兮④，何须臾而忘反。背夏浦而西思兮⑤，哀故都之日远⑥。登大坟以远望兮⑦，聊以舒吾忧心。哀州土之平乐兮⑧，悲江介之遗风⑨。当陵阳之焉至兮⑩，淼南渡之焉如⑪。曾不知夏之为丘兮⑫，孰两东门之可芜⑬。

---

①运：回舟也。 ②上文自夏口出江，溯流而西已远，至此更放舟顺流而东，故曰“运舟而下浮”；既顺流而东，稍又南转，初得入洞庭，是时在洞庭为溯流而上，在大江为顺流而下，故曰“上洞庭而下江”。 ③谓远离祖先之宅也。 ④谓精神梦游还故居也。 ⑤夏浦：前日所经之舟路，故曰背。 ⑥故都：郢也。 ⑦水中高者曰“坟”。 ⑧州土：谓乡邑也。 ⑨遗风：遗风之“风”，王朱均作“风俗”解。王注谓“远涉大川，民俗异也”；朱注谓“遗风谓故家遗俗之善者”。今按王念孙说：遗风之“风”，当作“风雨”之“风”解。《文选》李善注：“遗风，风之疾者”，是其义。盖屈原回忆故乡之康乐，悲江边风物凄厉，愈感伤也。 ⑩陵阳：朱注言未详。洪补注谓陵阳为地名，仙人陵阳子明所居。《大人赋》：“反太一而从陵阳”，是以陵阳为仙人也。陆时雍以为卞和封为陵阳侯，即是。 ⑪淼（miǎo）：滉（huàng）漾无际也。 ⑫夏：通“厦”，大殿也。 ⑬两东门：谓郢都东关有二门也。朱子谓两东门之废芜在秦拔郢，烧夷陵，楚徙陈以后。考之《史记》，秦拔郢时为襄王四十一年，屈原其时，岂尚在耶？

心不怡之长久兮，忧与愁其相接。惟郢路之辽远兮，江与夏之不可涉。忽若不信兮，至今九年而不复①。惨郁郁而不通兮，蹇侘傺而含戚②。

①言谪居九年，尚未蒙召还也。　②蹇：语助词。戚：忧伤。

外承欢之汋约兮[1]，谌荏弱而难持[2]。忠湛湛而愿进兮[3]，妒被离而鄣之[4]。尧舜之抗行兮，瞭杳杳而薄天[5]。众谗人之嫉妒兮，被以不慈之伪名。憎愠惀之修美兮[6]，好夫人之慷慨。众踥蹀而日进兮[7]，美超远而逾迈。

①汋（chuò）约：柔顺貌。　②谌（chén）：诚也。难持：极言其媚态。　③湛湛：深厚貌。　④被离：纷纷地。鄣（zhàng）：阻挠。　⑤瞭：昭明也。薄：迫也。　⑥伪名：捏造之恶名。愠（yùn）：心所蕴积也。惀（lún）：思求晓知也。　⑦踥蹀（qié dié）：细步也。

乱曰：曼余目以流观兮[1]，冀壹反之何时！鸟飞反故乡兮，狐死必首丘。信非吾罪而弃逐兮，何日夜而忘之！

①曼：远盼貌。

抽　思[1]

心郁郁之忧思兮，独永叹乎增伤。思蹇产之不释兮[2]，曼遭夜之方长[3]。悲秋风之动容兮[4]，何回极之浮浮[5]！数惟荪之多怒兮[6]，伤余心之忧忧[7]。愿摇起而横奔兮[8]，览民尤以自镇[9]。结微情以陈词兮，矫以遗夫美人[10]。

---

①此篇盖亦怀王时南迁之作。自篇首至“敖朕辞而不听”，当为追叙初获罪时，以下则写南迁后愁苦，故更端云“倡曰”。又按篇首云“悲秋风之动容”，下则曰“望孟夏之短夜”，是自前年秋，至翌年夏也。 ②蹇产：谓诘屈而盘纡也。 ③曼：同“漫”。 ④谓秋风起而草木变色也。 ⑤回极：犹言回旋也。浮浮：无定貌。 ⑥数：计也。惟：思也。荪：香草，以喻君主。 ⑦忧忧：愁也。 ⑧摇起：疾起也，与“横奔”相对为文（王念孙说）。 ⑨尤：过也。镇：止也。自镇：自止其忧。 ⑩矫：举也。美人：喻君王也。

昔君与我诚言兮，曰黄昏以为期。羌中道而回畔兮，反既有此他志！憍吾以其美好兮①，览余以其修姱②。与余言而不信兮，盖为余而造怒③。愿承间而自察兮④，心震悼而不敢。悲夷犹而冀进兮，心怛伤之憺憺⑤。兹历情以陈辞兮，荪详聋而不闻⑥。固切人之不媚兮⑦，众果以我为患。初吾所陈之耿著兮，岂至今其庸亡⑧？何独乐斯之謇謇兮⑨，愿荪美之可光⑩。望三五以为像兮⑪，指彭咸以为仪⑫。夫何极而不至兮⑬，故远闻而难亏⑭。善不由外来兮，名不可以虚作。孰无施而有报兮，孰不实而有获？

---

①畔：通“叛”，背离。憍（jiāo）：通“骄”。 ②览：示也。 ③盖：疑辞。造怒：找岔发怒。 ④谓愿承王清闲，进而自求见察。 ⑤夷犹：犹豫（不决）。怛（dá）：悲

伤。憺憺（dàn dàn）：困忧惧惊恐而心情不安的样子。⑥详：诈也，与“佯”同。　⑦切人：恳切的人。言忠切之人，不能软媚。　⑧耿著：明白而显著。谓文辞尚在，可求索也。　⑨謇謇：直言敢说。言吾非独乐为此謇謇，而不乐为顺从也。所以然者，“愿荪美之可光”耳。　⑩光：发扬之意。⑪三五：谓三王五帝也。像：法像也。　⑫仪：仪正也。⑬言竭力勤勉，古圣贤亦犹人也，岂不能至。　⑭言古之圣贤，令名远闻至于今，而难亏损者，以此耳。

少歌曰①：与美人之抽思兮②，并日夜而无正③。憍吾以其美好兮，敖朕辞而不听④。

---

①少歌：乐章音节之名。《荀子佹诗》，亦有小歌，即此类也。义取总论前意，反复说之。　②与：为也。言为美人陈辞也。　③无正：谓无与平其是非也。　④憍（jiāo）：炫耀。敖：通“傲”，傲慢。

倡曰①：有鸟自南兮，来集汉北。好姱佳丽兮，牉独处此异域②。既茕独而不群兮，又无良媒在其侧。道卓远而日忘兮，愿自申而不得。望北山而流涕兮，临流水而太息。望孟夏之短夜兮，何晦明之若岁③！惟郢路之辽远兮，魂一夕而九逝④。曾不知路之曲直兮，南指月与列星⑤。愿径逝而未得兮，魂识路之营营⑥。何灵魂之信直兮，人之心不与吾心同。理弱而媒不通兮，尚不知余之从容⑦。

①倡：与“唱”同，起发下文。亦歌之音节。②牉（pàn）：离别而独处也。③言夏夜虽短，然忧不能寐，自晦至明，真若涉岁。④言去郢虽远，然怀之缱绻，一夕之间，而梦魂九至也。⑤言望月星而辨路也。⑥茕茕：独往无与俱也。⑦从容：谓从容遵道，不变故常。

乱曰：长濑湍流①，溯江潭兮②。狂顾南行，聊以娱心兮。轸石崴嵬③，蹇吾愿兮。超回志度④，行隐进兮⑤。低佪夷犹，宿北姑兮。烦冤瞀容⑥，实沛徂兮⑦。愁叹苦神⑧，灵遥思兮⑨。路远处幽，又无行媒兮。道思作颂⑩，聊以自救兮。忧心不遂，斯言谁告兮。

①濑：水浅处。湍：急流也。②逆流而上曰溯。③轸：方也。崴嵬（wēi wéi）：形容山高。④越过弯路，记住直路。⑤行：犹“且”也。隐：痛也。言且忍痛而进也。⑥瞀（mào）容：谓瞀乱之意，见于容貌也。⑦徂：往也。言己诚欲沛然而往也。⑧言思旧乡而神劳也。⑨言神远思也。⑩言道途之间，述思作此赋也。

怀沙①

滔滔孟夏兮②，草木莽莽③。伤怀永哀兮，汩徂南土④。眴兮杳杳⑤，孔静幽默⑥。郁结纡轸兮⑦，离慜而长鞠⑧。抚情效志兮⑨，冤屈而自抑。刓方以为圜兮⑩，常度未替。易初本迪兮[11]，君子所鄙。章画志墨兮[12]，前图未改[13]。内厚质正兮[14]，大人所盛[15]。巧倕不斲兮，孰察其揆正。玄文处幽兮[16]，矇瞍谓之不章[17]。离娄微睇兮[18]，瞽以为无明。变白以为黑兮，倒上以为下。凤皇在笯兮[19]，鸡鹜翔舞。同糅玉石兮[20]，一概而相量。夫惟党人之鄙固兮，羌不知余之所臧[21]。任重载盛兮[22]，陷滞而不济[23]。怀瑾握瑜兮，穷不知所示[24]。邑犬之群吠兮，吠所怪也；非俊疑杰兮，固庸态也。文质疏内兮[25]，众不知余之异采。材朴委积兮[26]，莫知余之所有。重仁袭义兮[27]，谨厚以为丰。重华不可遌兮[28]，孰知余之从容。古固有不并兮[29]，岂知其何故。汤禹久远兮，邈而不可慕。惩违改忿兮，抑心而自强。离慜而不迁兮，愿志之有像[30]。进路北次兮[31]，日昧昧其将暮。舒忧娱哀兮，限之以大故[32]。

---

①旧说以为怀沙者，怀抱沙石以自沉也。犹之申徒狄负石赴河。林西仲以篇中“进路北次”为趋汨罗，因断定此篇为绝命词。然怀王时，屈原就贬，实循沅湘而行，与襄王就贬时异路。此篇云“浩浩沅湘”，足证乃怀王时就贬之作。原于怀王被放，未几即召回，及怀王立又贬。《哀郢》为襄王时就贬后所作，有“九年而不复”之言，然则原之死尚在更后，安得以《怀沙》为临终之言乎？大抵屈原自沉汨罗之说亦未必可靠，正如伊尹负鼎，百里饭牛之类耳。说详本书《绪言》中。　②滔滔：和暖。《史记》作“陶陶”。　③莽莽：盛茂貌。　④汩（gǔ）：疾貌。徂：往也。　⑤眴（xùn）：目屡摇动之貌。盖惊风土之异，故目屡动也。杳杳：《史记》作“窈窈”，深邃之貌。

⑥孔：甚也。　⑦轸：痛也。　⑧离：遭也。愍（mǐn）：痛也。鞫：穷也。　⑨抚：循也。效：犹核也。　⑩刓（wǎn）：圆削也。　⑪易初：谓变易初心也。本，疑当作“变”。迪：道也。　⑫章画：谓章明其所分画（入声）。志：识也。志墨：谓识认因分画所施墨痕莫之忘。盖以工匠喻也。　⑬前图：谓前日之所规图。　⑭内厚：谓内行之厚。质正：《史记》作“质重”，言质实敦重也。　⑮盛：美也。　⑯倕（chuí）：人名，尧时的巧工。斲（zhuó）：砍。玄：黑也。玄文：谓黑白相间之文采也。幽处：谓居于幽暗之处也。　⑰矇瞍（méng sǒu）：瞎子。章：明。不章：这里指没有文彩。　⑱离娄：人名，古之明目者。　⑲笯（nú）：笼也。　⑳糅（róu）：杂也。　㉑臧：藏蓄也。一说臧，善也。言不知我之善也。㉒盛：多也。　㉓此二句以喻小人才短，反膺重任而致陷滞不济。　㉔示：施也。此二句言才长德美之人反穷困而不得施其才具。　㉕文质：其文不艳也。疏：迂阔也。内：木讷也。㉖朴：《说文》云，木皮也。一说，木材未经斲治者。　㉗袭：亦重累也。　㉘遌（è）：逢也。《史记》作“悟”，当是“晤”字之讹。　㉙谓圣君贤臣不并时。　㉚愍（mǐn）：病也。迁：徙也。像：法也。言愿志行流于后世，为人法也。㉛次：舍也。　㉜舒忧娱哀：言其抑心自宽。要死而后止，故曰“限之以大故”。大故：死也。

乱曰：浩浩沅湘，分流汩兮。修路幽蔽，道远忽兮。怀质抱情，独无匹兮。伯乐既没，骥焉程兮①。民生禀命，各有所错兮[②]。定心广志，余何畏惧兮！曾伤爰哀[③]，永叹喟兮。世溷浊莫吾知，人心不可谓兮。知死不可让，愿勿爱兮。明告君子，吾将以为类兮[④]！

---

①程：量才试用也。　②错：同“措”，安排。

③曾：重也。爰哀：谓哀不止也。爰：古通“咺”（xuǎn）。方言，凡哀泣而不止曰“咺”（王念孙说）。　④类：朋也。明告：当读作“明皓”，光明磊落意。

思美人[①]

思美人兮，揽涕而伫眙[②]。媒绝路阻兮，言不可结而诒。蹇蹇之烦冤兮，陷滞而不发[③]。申旦以舒中情兮，志沉菀而莫达[④]。愿寄言于浮云兮，遇丰隆而不将[⑤]。因归鸟而致辞兮，羌迅高而难当[⑥]。高辛之灵盛兮，遭玄鸟而致诒[⑦]。欲变节以从俗兮，愧易初而屈志。独历年而离愍兮，羌冯心犹未化[⑧]。宁隐闵而寿考兮，何变易之可为！知前辙之不遂兮，未改此度。车既覆而马颠兮，蹇独怀此异路。勒骐骥而更驾兮，造父为我操之。迁逡次而勿驱兮[⑨]，聊假日以须时。指嶓冢之西隈兮，与纁黄以为期[⑩]。开春发岁兮，白日出之悠悠。吾将荡志而愉乐兮，遵江夏以娱忧。揽大薄之芳茝兮[⑪]，搴长洲之宿莽。惜吾不及古人兮，吾谁与玩此芳草。解萹薄与杂菜兮[⑫]，备以为交佩。佩缤纷以缭转兮，遂萎绝而离异。吾且儃佪以娱忧兮，观南人之变态。窃快在中心兮，扬厥凭而不竢[⑬]。芳与泽其杂糅兮，羌芳华自中出。纷郁郁其远承兮，满内而外扬。情与质信可保兮，羌居蔽而闻章⑭。令薜荔以为理兮，惮举趾而缘木。因芙蓉以为媒兮，惮蹇裳而濡足。登高吾不说兮，入下吾不能。固朕形之不服兮⑮，然容与而狐疑。广遂前画兮⑯，未改此度也。命则处幽，吾将罢兮，愿及白日之未暮。独茕茕而南行兮，思彭咸之故也。

---

①据篇中“游江夏以娱忧”、“独茕茕而南行”等句，可知此篇乃怀王时初被放，在郢都将启行之作也。 ②揽：收的意思。伫眙：立视也。 ③言忠蹇之心虽烦冤，以王之不我信，自阻而未敢有发也。 ④言每日旦起则思要自申，然终沉郁而莫达。菀（wān）：原是草木茂盛的意思，引申为积结。沉菀：沉闷郁结。 ⑤不将：不我听也。 ⑥当：值也。 ⑦指帝喾妃吞燕卵生契事。 ⑧离愍：同“离慜”，遭受忧患。冯（píng）：同“凭”；凭心：谓忧念满心也。 ⑨迁：进也。逡次：犹逡巡也。 ⑩纁（xūn）：浅绛也。日将入时，色纁且黄也。 ⑪薄：从薄也。揽芳茝，是说准备为国家自效其才能。⑫萹薄：丛生的萹蓄。萹（biǎn）是一种野生植物，叫萹蓄，又称萹竹。 ⑬凭：愤懑也。竢（sì）：待。 ⑭居蔽：谓身穷困。闻章：谓名远播也。 ⑮不服：犹俗言不惯也（林西仲说）。 ⑯画：谋画也。

惜往日[①]

惜往日之曾信兮[②]，受命诏以昭时[③]。奉先功以照下兮[④]，明法度之嫌疑。国富强而法立兮，属贞臣而日娭[⑤]。秘密事之载心兮[⑥]，虽过失犹弗治。心纯庬而不泄兮[⑦]，遭谗人而嫉之。君含怒而待臣兮，不清澄其然否。蔽晦君之聪明兮，虚惑误又以欺。弗参验以考实兮，远迁臣而弗思。信谗谀之溷浊兮，盛气志而过之[⑧]。何贞臣之无辜兮，被离谤而见尤。惭光景之诚信兮[⑨]，身幽隐而备之[⑩]。临沅湘之玄渊兮[⑪]，遂自忍而沉流。卒没身而绝名兮，惜壅君之不昭[⑫]。

---

①此篇盖亦怀王时在江南所作。据“惜往日之曾信”等语，明其为怀王时；据“临沅湘之玄渊”等语，明其在江南。但篇中有曰“遂自忍而沉流”，又曰“宁溘死而流亡”，又曰“不毕辞以赴渊兮”，疑若行且投水，急裁此篇者。然怀王时，屈子虽一迁江南，未几又还归郢，则知“自忍沉流”等语，盖亦忿懑之余之愤言耳。 ②言往日尝见信任也。 ③谓昭明时政。 ④先功：谓祖先之功烈。 ⑤属贞臣：谓委政忠良也。属（zhǔ）：托付。娭（xī）：与“嬉”通。日：嬉乐也。 ⑥言与闻国家秘密也。 ⑦言素性敦厚，慎语言。庬（páng）：忠厚。 ⑧言盛气督过之也。 ⑨被离：遭到。尤：罪过。光景：犹言形迹。 ⑩言犹备诚信。 ⑪玄：黑也。渊之深者，水成黑色，故曰玄渊。 ⑫壅君：受蒙蔽的君王。言一身

虽死不足惜，所惜者，君将终受壅蔽，不得昭明耳。

君无度而弗察兮，使芳草为薮幽[①]。焉舒情而抽信兮，恬死亡而不聊[②]。独鄣壅而蔽隐兮，使贞臣为无由。闻百里之为虏兮，伊尹烹于庖厨。吕望屠于朝歌兮，宁戚歌而饭牛。不逢汤武与桓缪兮，世孰云而知之[③]。吴信谗而弗味兮，子胥死而后忧。介子忠而立枯兮[④]，文君寤而追求。封介山而为之禁兮，报大德之优游。思久故之亲身兮[⑤]，因缟素而哭之。或忠信而死节兮，或訑谩而不疑[⑥]。弗省察而按实兮，听谗人之虚辞。

---

①薮：水少而草木茂盛的湖泽。幽：作动词，掩盖，埋没。②抽信：抽绎，有条理地表明，指陈述心中的真情。信：真，指真心实意。不聊：谓不苟生也。③云：犹“有”。而：犹“以”。此知“世孰云而知之”犹言“世何有以知之”也。④介子：介之推，春秋时晋国贤者，他随晋文公在外流亡十九年，回国后不争功，隐居绵山。后来晋文公想请他出来，派人去找，介子推不肯出，晋文公就放火烧山，想逼他出来，结果介子推抱着一颗树被烧死。立枯：站着被烧死。⑤亲身：言不离左右也。⑥訑（yí）：欺也。訑漫：强不知以为知。

芳与泽其杂糅兮，孰申旦而别之？何芳草之早殀兮，微霜降而下戒。谅聪不明而蔽壅兮[①]，使谗谀而日得。自前世之嫉贤兮，谓蕙若其不可佩[②]。妒佳冶之芬芳兮，嫫母姣而自好[③]。

虽有西施之美容兮，谗妒入以自代。愿陈情以白行兮，得罪过之不意[④]。情冤见之日明兮，如列宿之错置[⑤]。乘骐骥而驰骋兮，无辔衔而自载。乘泛泭以下流兮[⑥]，无舟楫而自备。背法度而心治兮，辟与此其无异。宁溘死而流亡兮，恐祸殃之有再。不毕辞而赴渊兮，惜壅君之不识。

①言特以上之人素不聪明，又受蔽壅。　②若：杜若也。③嫫（mó）：丑妪。　④“得罪过之不意”一句，言横遭责罚也。　⑤言己之情实与冤枉，如列宿（xiù）之在天。⑥泛泭（fú）：编竹木以渡水者也。泭：木筏。

橘　颂[①]

后皇嘉树，橘徕服兮[②]。受命不迁，生南国兮[③]。深固难徙，更壹志兮。绿叶素荣，纷其可喜兮。曾枝剡棘[④]，圜果抟兮[⑤]。青黄杂糅，文章烂兮[⑥]。精色内白[⑦]，类任道兮。纷缊宜修，姱而不丑兮。嗟尔幼志，有以异兮。独立不迁，岂不可喜兮。深固难徙，廓其无求兮。苏世独立[⑧]，横而不流兮。闭心自慎，不终失过兮。秉德无私，参天地兮。愿岁并谢[⑨]，与长友兮。淑离不淫[⑩]，梗其有理兮。年岁虽少，可师长兮。行比伯夷，置以为像兮。

①美橘之有是德，故曰颂。屈原又以橘自况也。　②后：后土也。皇：皇天也。徕：同“来”。服：可也，适应。

③南国：谓江南也。 ④曾：重累也。剡（yǎn）：利也。 ⑤抟：与“团”同。 ⑥文章：指橘皮之纹理色彩。 ⑦精色：外色精明也。内白：内怀洁白也。 ⑧苏：牾也。牾，即今“迕”字。苏世：犹言迕世。 ⑨并谢：共同成长。 ⑩淑离：旧训“孤特”。俞樾谓：淑离乃双声字，犹“寂历”。《文选》江淹诗：“寂历百草晦”，注曰，寂历：雕疏貌。是其义。

悲回风[①]

悲回风之摇蕙兮[②]，心冤结而内伤。物有微而陨性兮[③]，声有隐而先倡[④]。夫何彭咸之造思兮，暨志介而不忘[⑤]。万变其情岂可盖兮[⑥]，孰虚伪之可长？鸟兽鸣以号群兮，草苴比而不芳[⑦]。鱼葺鳞以自别兮[⑧]，蛟龙隐其文章[⑨]。故荼荠不同亩兮，兰茝幽而独芳。惟佳人之永都兮[⑩]，更统世而自贶[⑪]。眇远志之所及兮，怜浮云之相羊[⑫]。介眇志之所惑兮[⑬]，窃赋诗之所明。惟佳人之独怀兮[⑭]，折若椒以自处。曾歔欷之嗟嗟兮[⑮]，独隐伏而思虑。涕泣交而凄凄兮，思不眠以至曙。终长夜之曼曼兮[⑯]，掩此哀而不去[⑰]。寤从容以周流兮，聊逍遥以自恃[⑱]。伤太息之愍怜兮，气於邑而不可止。纠思心以为纕兮[⑲]，编愁苦以为膺[⑳]。折若木以蔽光兮，随飘风之所仍[㉑]。存仿佛而不见兮[㉒]，心踊跃其若汤[㉓]。抚佩衽以案志兮[㉔]，超惘惘而遂行[㉕]。岁曶曶其若颓兮[㉖]，时亦冉冉而将至[㉗]。薠蘅槁而节离兮[㉘]，芳以歇而不比㉙。怜思心之不可惩兮㉚，证此言之不可聊㉛。宁溘死而流亡兮，不忍为此之常愁㉜。孤子吟而抆泪兮，放子出而不还㉝。孰能思而不隐兮㉞，照彭咸之所闻㉟。

---

①据篇中“惟佳人之永都兮，更统世而自贶”，则知此篇盖在顷襄王立后再就贬时所作也。此篇极状烦闷之心情，不能自决其何以自处。既慕介子伯夷，又思追踪子胥申徒，然卒不决。
②回风：飘风也。　③物：指“蕙”也。　④声：风声也。言秋令已行，微物凋陨，风虽无形而实先为之倡也。　⑤言己思念古世彭咸，欲与齐志节而不能忘也。暨：盖“冀”之假借。志：犹认识。介：谓介而守之。　⑥盖：掩盖也。　⑦苴（chú）：枯草也。比：合也。言鸟兽得势，群起号呼，则草苴相比次，皆失其芳也。　⑧葺：整治也。　⑨喻众邪遇时用事，则君子不得不保身伏匿也。　⑩佳人：谓怀襄王也。都：都雅也。　⑪更：代也。　⑫浮云：屈原自喻身世也。相羊：与“徜徉”同。　⑬言己又介然怀微渺之志以前途之不可知为惑也。　⑭怀：思也。　⑮曾：重也。　⑯曼曼：长貌。　⑰掩：抚也，止也。　⑱言既寤乃从容徙倚，又逍遥乎聊有自恃。　⑲纠（jiū）：纽结也。纕：佩带也。　⑳膺：胸也。　㉑仍：因也。　㉒言王形貌存在目中，然仿佛不可得见。　㉓言心中沸热如汤也。　㉔案：抑也，与“按”同。　㉕惘惘：失意貌。言抚衽抑志，既又超然而起，惘惘然行。盖皆叙不能自安处之状也。　㉖曶曶：与“忽忽”同。颓：暮也。　㉗时：谓衰老之期。冉冉：速貌。言老将至也。

㉘节离：草枯则节处断落。 ㉙以：通“已”。比：合也。以上四句，谓岁月忽忽且暮，老冉冉而将至，已则如薠蘅枯而节落，其芬芳自歇矣。盖悲年齿益颓而志不得伸也。 ㉚思心：谓中心之愁思。懲：止也。 ㉛聊：赖也。 ㉜以上四句，意谓：既自怜中心愁思不可抑止，又证王终不能用我，虽有所言，不可聊赖，其若是，惟有溘然而流亡而已，不胜此心常忧愁，而不能自已也。为此：一作“此心”。 ㉝言己犹孤子哀吟而拭泪，放子已出而不得复还。抆（wěn）：擦。 ㉞隐：忧也。 ㉟照：一作“昭”。犹言从彭咸所闻也。

登石峦以远望兮[①]，路眇眇之默默[②]。入景响之无应兮[③]，闻省想而不可得[④]。愁郁郁之无快兮，居戚戚而不可解。心鞿羁而不形兮[⑤]，气缭转而自缔[⑥]。穆眇眇之无垠兮[⑦]，莽芒芒之无仪[⑧]。声有隐而相感兮，物有纯而不可为[⑨]。邈蔓蔓之不可量兮[⑩]，缥绵绵之不可纡[⑪]。愁悄悄之常悲兮，翩冥冥之不可娱。凌大波而流风兮[⑫]，托彭咸之所居。

---

①峦：山小而锐者也。 ②眇眇：远也。默默：寂无人声也。 ③谓窜在山野，无人域也。一说，想像楚王，若得接形影声响者，然无我应。 ④省（xǐng）：察也，审也。目视耳听，叹寂默也。 ⑤形：一作“开”。 ⑥缔：结不解也。⑦穆：深远貌。 ⑧仪：匹也。按此二句，王逸以为“穆眇眇之无垠”者，天与地合，无垠形也；“莽芒芒之无仪”者，草木弥望，容貌盛也。朱子则谓“言己之愁思浩然广大，幽深，不可

为像也”。与王注意相反。或又以为，言去郢都已远，是以穆然眇眇，无有界垠，莽然芒芒，无复见王仪容。今合上下交观之，三说之中，以王说为最近。盖言天地之大，品类之繁也。然仍带有形容屈原窜居山野所见环境之意，正与上文“登石峦以远望兮”四句同。　⑨上二句言天地之大，品类之多，此二句言物理深妙，难以测度。与下文“藐漫漫之不可量兮”二句，意义相属。　⑩邈蔓蔓：亦作“邈漫漫”。　⑪缥：微细貌。纡：萦也。　⑫流：犹随也。

上高岩之峭岸兮，处雌蜺之标颠。据青冥而摅虹兮[1]，遂倏忽而扪天[2]。吸湛露之浮源兮[3]，漱凝霜之雰雰。依风穴以自息兮[4]，忽倾寤以婵媛[5]。冯昆仑以瞰雾兮，隐岷山以清江[6]。惮涌湍之礚礚兮[7]，听波声之汹汹。纷容容之无经兮[8]，罔芒芒之无纪[9]。轧洋洋之无从兮[10]，驰委移之焉止[11]。漂翻翻其上下兮，翼遥遥其左右。泛潏潏其前后兮[12]，伴张弛之信期[13]。观炎气之相仍兮[14]，窥烟液之所积。悲霜雪之俱下兮，听潮水之相击。借光景以往来兮，施黄棘之枉策[15]。求介子之所存兮，见伯夷之放迹。心调度而弗去兮，刻著志之无适[16]。曰：吾怨往昔之所冀兮，悼来者之悐悐[17]。浮江淮而入海兮，从子胥而自适。望大河之洲渚兮，悲申徒之抗迹[18]。骤谏君而不听兮[19]，重任石之何益？心绖结而不解兮，思蹇产而不释[20]！

---

①摅：舒也。　②倏（shū）忽：疾貌。　③湛：厚。④风穴：《淮南子》曰：暮宿风穴，盖古代神话中地名也。

⑤婵媛：状悲感留连之意态。自“上高岩……”以下，皆言游心高远，欲自遣愁，而愁思卒不能排遣。　⑥隐：犹凭也。岐山：即岷山。岐：同“岷”。大江所出。按《列子音义》引此作“隐岐山之清江。”　⑦礚礚（kè）：水石声。　⑧容容：纷乱之貌。无经：犹言无定则。　⑨罔：同“惘”。　⑩轧：倾压之貌。　⑪委移：与“委蛇”同。　⑫潏潏（jué）：涌出貌。　⑬言水流张弛，皆本自然。自“纷容容……”以下至此，皆状“雾”与“涌湍”，兼亦自寓身世，感慨往昔。　⑭仍：从也。　⑮黄棘：洪兴祖以为地名，谓“初，怀王二十五年入与秦昭王盟约于黄棘，其后为秦所欺，卒客死于秦；今顷襄王信任奸回，将至亡国，是复施行黄棘之枉策也。”孙氏《札迻》谓：“黄棘多刺，又策当直而今反枉，皆言其不足用。”　⑯刻：励也。著：立也。无适：犹言矢志不移也。　⑰悐悐（yí）：悐，同“惕”，忧惧貌。上言将慕介子伯夷，突又转念，自度不能遗忘一切，遁世独善，计惟有自杀乃足以解除烦闷也。　⑱申徒：《庄子》：申徒狄谏而不听，负石自投于河。《淮南子》注云：申徒狄，殷末人也，不忍见纣乱，自沉于渊。　⑲此又转言谏而不听，自沉亦复何益。　⑳蹇产：犹诘屈。据篇中“惟佳人之永都兮，更统世而自贶”，则知此篇盖在顷襄王立后再就贬时所作也。此篇极状烦闷之心情，不能自决其何以自处；既慕介子、伯夷，又思追踪子胥、申徒，然卒不决。

远　游

《九章》至《悲回风》而止，此篇乃继《悲回风》而作也。盖屈子履方值之行，不容于世，上为谗佞所谮毁，下为俗人所困极，章皇山泽，无所告诉，乃托于仙灵之境，恣言神游之乐，既隐寓身世，亦罄吐怀抱；而此篇中所表现之屈子之人生观，已臻确定，无复徘徊悲闷之苦情矣。故其辞亦流畅而和雅，与《九章》诸篇，迥然不同。

悲时俗之迫厄兮，愿轻举而远游。质菲薄而无因兮，焉托乘而上浮。遭沉浊而污秽兮，独郁结其谁语。夜耿耿而不寐兮，魂茕茕而至曙①。惟天地之无穷兮，哀人生之长勤。往者余弗及兮，来者吾不闻。步徙倚而遥思兮，怊惝怳而乖怀②。意荒忽而流荡兮，心愁凄而增悲。神倏忽而不反兮，形枯槁而独留。内惟省以端操兮，求正气之所由③。漠虚静以恬愉兮，澹无为而自得。闻赤松之清尘兮④，愿承风乎遗则。贵真人之休德兮，美往世之登仙。与化去而不见兮，名声著而日延⑤。

①茕茕：一作“营营”，往来不定貌。　②怊（chāo）：悲愤。惝怳（chǎng huǎng）：失意。言惆怅，心有所念而不能排解。　③言知愁叹之无益而有损，乃能反自循省，而求其本初也。　④赤松：相传为神农时仙人。　⑤以上四句，意谓古

昔虽有真人具休德而登仙者，今则死去不可得见，徒有名声章著，延于后世而已。

奇傅说之托辰星兮[①]，羡韩众之得一[②]。形穆穆以浸远兮，离人群而遁逸。因气变而遂曾举兮[③]，忽神奔而鬼怪[④]。时仿佛以遥见兮，精皎皎以往来。绝氛埃而淑尤兮[⑤]，终不反其故都。免众患而不惧兮，世莫知其所如。

---

①傅说：殷相。传说死后骑房尾而登天。　②韩众：传是齐人，采药服之，遂得仙。　③曾（zēng）：高举也。④《淮南子》云“鬼出电入”，又云“电奔而鬼腾”，皆神速之意。此云“神奔而鬼怪”，正是此意。　⑤淑尤：淑美也。

恐天时之代序兮，耀灵晔而西征[①]。微霜降而下沦兮，悼芳草之先零。聊仿佯而逍遥兮，永历年而无成。谁可与玩斯遗芳兮，晨向风而舒情。高阳邈以远兮，余将焉所程[②]？

重曰：春秋忽其不淹兮，奚久留此故居？轩辕不可攀援兮，吾将从王乔而娱戏[③]。餐六气而饮沆瀣兮[④]，漱正阳而含朝霞[⑤]。保神明之清澄兮，精气入而粗秽除[⑥]。

---

①耀灵：日也。晔：闪光貌。　②程：法也，谓安所取法也。以上皆自叹其将老，而恐其学之无所成也。　③王乔：相传是周灵王太子晋，得道仙去。　④沆瀣（hàng xiè）：夜间的水气。　⑤漱：吮吸，饮。正阳：南方日中之气也。朝霞：

日始出赤黄气也。　⑥粗秽：粗浊污秽之气。

顺凯风以从游兮①，至南巢而壹息②。见王子而宿之兮③，审壹气之和德④。曰：道可受兮，不可传；其小无内兮，其大无垠；无滑而魂兮，彼将自然⑤。壹气孔神兮⑥，于中夜存；虚以待之兮，无为之先。庶类以成兮，此德之门⑦。

---

①凯风：南风也。　②南巢：洪兴祖以为南方凤鸟之巢，殊嫌牵强；俞樾谓南巢指南方之远园，放桀于南巢，亦南方荒远之地也。今从之。　③王子：谓王子乔也，古仙人。言屯车留止遇子乔也。　④究问元精之秘要也。　⑤彼：指“道”而言。谓人能无滑乱其魂，则所谓道者，将自然而在。　⑥谓专己心也。孔：甚也。　⑦按“道可受兮……此德之门”等义，亦见《庄子》载广成子告黄帝，及女偊与南伯子葵论道，然未必即为屈原抄袭庄说，盖举当世所传也。

闻至贵而遂殂兮，忽乎吾将行。仍羽人于丹丘兮①，留不死之旧乡。朝濯发于汤谷兮②，夕晞余身兮九阳③。吸飞泉之微液兮，怀琬琰之华英。玉色頩以脕颜兮④，精醇粹而始壮。质销铄以汋约兮⑤，神要眇以淫放⑥。嘉南州之炎德兮，丽桂树之冬荣。山萧条而无兽兮，野寂漠其无人。载营魄而登霞兮⑦，掩浮云而上征。命天阍其开关兮，排阊阖而望予⑧。召丰隆使先导兮，问大微之所居⑨。集重阳入帝宫兮⑩，造旬始而观清都⑪。朝发轫于太仪兮⑫，夕始临乎于微闾⑬。屯余车之万乘兮，纷溶与而并驰。驾八龙之婉婉兮，载云旗之逶蛇。建雄虹之采旄兮，五色杂而炫耀。服偃蹇以低昂兮⑭，骖连蜷以骄骜⑮。骑胶葛以杂乱兮⑯，斑漫衍而方行⑰。撰余辔而正策兮，吾将过乎句芒⑱。历太皓以右转兮⑲，前飞廉以启路。阳杲杲其未光兮⑳，凌天地以径度。风伯为余先驱兮，氛埃辟而清凉。凤皇翼其承旂兮，遇蓐收乎西皇㉑。揽彗星以为旍兮，举斗柄以为麾。叛陆离其上下兮㉒，游惊雾之流波。时暧曃其曭莽兮㉓，召玄武而奔属㉔。后文昌使掌行兮，选署众神以并毂。路曼曼其修远兮，徐弭节而高厉㉕。左雨师使径侍兮，右雷公以为卫。欲度世以忘归兮，意恣睢以担挢㉖。内欣欣而自美兮，聊媮娱以自乐。涉青云以泛滥游兮，忽临睨夫旧乡！仆夫怀余心悲兮，边马顾而不行㉗。思旧故以想像兮，长太息而掩涕。泛容与而遐举兮，聊抑志而自弭。

---

①仍：就也。羽人，《山海经》言有羽之人国；或曰飞仙也。　②汤（yáng）谷：日所出处。　③旧说汤谷上有扶木，九日居下枝，一日居上枝；九阳盖即指是。　④頩（pīng）：美貌。脕（wàn）：泽也。　⑤质销铄：谓形貌清癯。汋约：同“绰约”。《庄子》言藐姑射仙子，绰约若处子。　⑥要眇：同“窈妙”。淫：纵也。　⑦载营魄：疑即《老子》“载营魄，抱一能无离乎”之意。霞：通“假”；登假，谓登至于天也。盖谓以血肉之躯飞升。　⑧阊阖：天门也。　⑨大（tài）微：神名。或谓即守紫薇宫（天帝之居）之神也。　⑩重阳：天也。　⑪旬始：星名。或谓即太白星。清都：天帝之所居。

⑫太仪：天帝之庭也。　⑬于微闾：相传是东方山名，产美玉，度亦神话耳。　⑭服：衡下夹辕两马也。　⑮骖：衡外挽轫两马也。　⑯胶（jiāo）葛：杂乱貌。　⑰漫衍：无极貌。　⑱句芒：古传说中主木之官，又为木神名。　⑲太皓：伏羲氏也，旧说是东方之帝。　⑳谓日耀旭曙，旦欲明也。　㉑西皇：其帝少昊。其神蓐（rù）收。《山海经》：西方神蓐收。　㉒《离骚》云：纷总总其离合兮，斑陆离其上下。注云：斑，乱貌。此文与彼正同，则"叛"亦当与"斑"通。按《悲回风》中亦有此句。　㉓暧曃（ài dài）：昏暗不明貌。晄（tǎng）：日不明也。　㉔玄武：太阴神也。　㉕厉：通"戾"，疾飞也。　㉖担挢（jié jiǎo）：轩举也。　㉗边马：谓两骖也。

指炎神而直驰兮，吾将往乎南疑[①]。览方外之荒忽兮，沛罔象而自浮[②]。祝融戒而还衡兮[③]，腾告鸾鸟迎宓妃。张《咸池》奏《承云》兮，二女御《九韶》歌。使湘灵鼓瑟兮，令海若舞冯夷[④]。玄螭虫象并出进兮[⑤]，形蟉虬而逶蛇[⑥]。雌蜺便娟以增挠兮[⑦]，鸾鸟轩翥而翔飞。音乐博衍无终极兮，焉乃逝以徘徊。舒并节以驰骛兮[⑧]，逴绝垠乎寒门[⑨]。轶迅风于清源兮，从颛顼乎增冰。历玄冥以邪径兮，乘间维以反顾[⑩]。召黔赢而见之兮，为余先乎平路。经营四荒兮，周流六漠[⑪]。上至列缺兮[⑫]，降望大壑[⑬]。下峥嵘而无地兮[⑭]，上寥廓而无天[⑮]。视倏忽而无见兮，听惝怳而无闻。超无为以至清兮，与泰初而为邻[⑯]。

---

①疑：谓九嶷也。②沛：行疾貌。罔象：水盛貌。③南神止我，令北征也。④冯（píng）夷：水仙。⑤象：《国语》所谓，水之怪，龙罔象也。⑥蟉虬（liú qiú）：盘曲貌。⑦便娟：轻丽貌。挠：缠也。⑧谓纵舍辔衔而长驱也。⑨逴（chuō）：远也。⑩间维：上下四方为云间，四隅为四维。间维指天地之间。⑪六漠：六合也。⑫列缺：天隙电照也（即电闪）。⑬大壑：谓海也。⑭峥嵘：谓山岳峻崄。盖凭高俯视，只见有窈突如山岳状也。⑮寥廓：广远也。⑯泰初：指“道”。

卜 居[①]

屈原既放三年，不得复见，竭知尽忠，而蔽鄣于谗，心烦虑乱，不知所从，往见太卜郑詹尹曰："余有所疑，愿因先生决之。"詹尹乃端策拂龟[②]，曰："君将何以教之？"屈原曰："吾宁悃悃款款[③]，朴以忠乎？将送往劳来[④]，斯无穷乎？宁诛锄草茅，以力耕乎[⑤]？将游大人，以成名乎[⑥]？宁正言不讳，以危身乎？将从俗富贵，以偷生乎？宁超然高举，以保真乎[⑦]？将哫訾栗斯[⑧]，喔咿儒兒[⑨]，以事妇人乎[⑩]？宁廉洁正直，以自清乎？将突梯滑稽，如脂如韦，以絜楹乎[⑪]？宁昂昂若千里之驹乎[⑫]？将泛泛若水中之凫乎？与波上下，媮以全吾躯乎[⑬]？宁与骐骥亢轭乎[⑭]？将随驽马之迹乎[⑮]？宁与黄鹄比翼乎？将与鸡鹜争食乎？此孰吉孰凶？何去何从？世溷浊而不清，蝉翼为重，千钧为轻[⑯]；黄钟毁弃，瓦釜雷鸣[⑰]；谗人高张，贤士无名！吁嗟默默兮，谁知吾之廉贞！"詹尹乃释策而谢，曰："夫尺有所短，寸有所长，物有所不足，智有所不明，数有所不逮，神有所不通。用君之心，行君之意。龟策诚不能知事！"

①疑非屈原手笔，说详本书《绪言》。　②策：蓍茎也。龟：龟甲也。　③悃（kǔn）悃款款：竭己致诚，无容矫伪之貌。　④送往劳来：谓往者送之，来者劳之，随所遭值，无有拂逆也。　⑤言罢仕辞禄，耕稼以终其世也。　⑥言纳交于当世权要，以取爵禄乎？　⑦谓洁己殉道，绝俗独立，而无失我之真性乎？　⑧哫訾（zú zǐ）栗斯：王逸谓“承颜色也”；俞樾云：哫訾即“趑趄（zī jū）”，韩昌黎文“足将进而趑趄”，即本于是。栗斯：即“枥撕”，古禁罪人之具。哫訾栗斯：犹言如加桎梏，不敢妄动也。　⑨喔咿儒兒：王逸谓“强笑噱也”，俞樾谓“儒兒”即“嗫嚅”，韩昌黎文“口将言而嗫嚅”，即本此。　⑩妇人：谓王之宠妃。　⑪絜楹：谓宛转随顺，无所触忤也。絜：围而度之之谓。　⑫谓不匿才以自屈。　⑬谓务与世上下，无露能以触忌，苟全性命也。
⑭言喜任事，不避艰阻也。　⑮谓效凡庸所为，无别立事功也。　⑯谓是非不明。　⑰谓用舍不当。

九　辩

《九辩》，宋玉作。《离骚经》：“启《九辩》与《九歌》兮”，《天问》亦有“启棘宾商，《九辩》《九歌》”之言，可知《九辩》乃古乐名，宋玉特借其体耳。

悲哉，秋之为气也！萧瑟兮，草木摇落而变衰。憭栗兮若在远行①，登山临水兮送将归。泬寥兮天高而气清②，寂寥兮收潦而水清。憯凄增欷兮薄寒之中人。怆怳懭悢兮③，去故而就新。坎廪兮④，贫士失职而志不平。廓落兮，羁旅而无友生。惆怅兮而私自怜。

①憭栗：犹凄怆也。　②泬（xuè）寥：旷荡空虚也。寥：或说当作“漻”。　③怆怳懭悢：皆失意貌。　④坎廪：不平也。

燕翩翩其辞归兮，蝉寂漠而无声。雁雍雍而南游兮，鹍鸡啁哳而悲鸣①。独申旦而不寐兮，哀蟋蟀之宵征。时亹亹而过中兮②，蹇淹留而无成。

①鹍鸡：似鹤，黄白色。啁哳（zhào zhā）：声繁细貌。②亹亹（wěi）：进貌。过中：谓过一岁之半也。

悲忧穷戚兮独处廓，有美一人兮心不绎，去乡离家兮徕远客，超逍遥兮今焉薄[①]？

①薄：止也。

专思君兮不可化，君不知兮可奈何！蓄怨兮积思，心烦憺兮忘食事。愿一见兮道余意，君之心兮与余异。车既驾兮朅而归[①]，不得见兮心伤悲。

①朅（qié）：去也。

倚结軨兮长太息[①]，涕潺湲兮下沾轼。慷慨绝兮不得，中瞀乱兮迷惑！私自怜兮何极，心怦怦兮谅直[②]。

①结軨：谓軨之横耸交错。軨者，轼较下纵横木总称。②怦怦：心急貌。

皇天平分四时兮，窃独悲此廪秋[①]。白露既下百草兮，奄离披此梧楸。去白日之昭昭兮，袭长夜之悠悠。离芳蔼之方壮兮[②]，余萎约而悲愁。

①廪：同"凛"。　②蔼：繁茂也。

秋既先戒以白露兮，冬又申之以严霜。收恢台之孟夏兮[①]，然欿傺而沉藏[②]。叶菸邑而无色兮[③]，枝烦挐而交横[④]；颜淫溢而将罢兮，柯彷佛而萎黄；萷櫹槮之可哀兮[⑤]，形销铄而瘀伤。惟其纷糅而将落兮，恨其失时而无当！

①恢台：广大貌。　②欿（kǎn）：陷。傺（chì）：止也。　③菸（yū）邑：伤坏也。　④烦挐（rú）：扰乱也。⑤萷（shāo）：木枝竦也。櫹槮（xiāo sēn）：树长貌。

揽騑辔而下节兮，聊逍遥以相佯。岁忽忽而遒尽兮[①]，恐余寿之弗将。悼余生之不时兮，逢此世之俇攘[②]。澹容与而独倚兮，蟋蟀鸣此西堂。心怵惕而震荡兮，何所忧之多方。卬明月而太息兮，步列星而极明[③]。

①遒：迫也。　②俇攘（kuāng ráng）：纷扰不安貌。③卬（yǎng），抬头向上。言仰观列星，不能卧寐，乃至明也。

窃悲夫蕙华之曾敷兮[①]，纷旖旎乎都房[②]。何曾华之无实兮，从风雨而飞飏。以为君独服此蕙兮，羌无以异于众芳！闵奇思之不通兮，将去君而高翔。心闵怜之惨凄兮，愿一见而有明。重无怨而生离兮，中结轸而增伤。

①曾：重也。敷：布也。　②都房：犹言都堂。

岂不郁陶而思君兮，君之门以九重。猛犬狺狺而迎吠兮，关梁闭而不通。皇天淫溢而秋霖兮，后土何时而得漧[①]？块独守此无泽兮，仰浮云而永叹[2]。

①漧：同“乾”。　②块：孤独貌。无：通“芜”，荒芜。

何时俗之工巧兮，背绳墨而改错？却骐骥而不乘兮，策驽骀而取路[1]！当世岂无骐骥兮，诚莫之能善御。见执辔者非其人兮，故駶跳而远去[2]。凫雁皆唼夫粱藻兮[3]，凤愈飘翔而高举。

圜凿而方枘兮，吾固知其钼铻而难入[4]。众鸟皆有所登栖兮，凤独遑遑而无所集。愿衔枚而无言兮，尝被君之渥洽[5]。太公九十乃显荣兮，诚未遇其匹合。

①驽骀（nú tāi）：劣马，喻庸人。　②駶（jú）跳：跳跃。　③凫雁：野鸭或大雁。唼（shā）：水鸟或鱼吃食。④钼铻（jǔ yǔ）：彼此不相合。　⑤洽：泽也。

谓骐骥兮安归？谓凤皇兮安栖？变古易俗兮世衰，今之相者兮举肥。骐骥伏匿而不见兮，凤皇高飞而不下；鸟兽犹知怀德兮，何云贤士之不处？骥不骤进而求服兮，凤亦不贪餧而妄食；君弃远而不察兮，虽愿忠其焉得？

欲寂漠而绝端兮，窃不敢忘初之厚德。独悲愁其伤人兮，冯郁郁其何极[1]！

①冯：满盛貌。

霜露惨凄而交下兮，心尚幸其弗济；霰雪雰糅其增加兮[①]，乃知遭命之将至！愿徼幸而有待兮，泊莽莽与野草同死。

---

①雰（fēn）：雨雪纷飞的样子。

愿自往而径游兮，路壅绝而不通。欲循道而平驱兮，又未知其所从。然中路而迷惑兮，自压桉而学诵[①]。性愚陋以褊浅兮[②]，信未达乎从容。窃美申包胥之气盛兮，恐时世之不固。

---

①桉：同"按"。　②褊浅：心地见识等狭隘短浅。

何时俗之工巧兮，灭规矩而改凿。独耿介而不随兮，愿慕先圣之遗教。处浊世而显荣兮，非余心之所乐。与其无义而有名兮，宁穷处而守高！

食不媮而为饱兮[①]，衣不苟而为温。窃慕诗人之遗风兮，愿托志乎素餐。蹇充倔而无端兮，泊莽莽而无垠。无衣裘以御冬兮，恐溘死不得见乎阳春。

---

①媮（tōu）：苟且。

靓杪秋之遥夜兮[①]，心缭悷而有哀[②]。春秋逴逴而日高兮[③]，然惆怅而自悲。四时迭来而卒岁兮，阴阳不可与俪偕。

---

①靓：同"静"。　②缭：缠绕。悷：悲结。　③逴

（chuō）：远也。

白日晼晚其将入兮①，明月销铄而减毁②。岁忽忽而遒尽兮③，老冉冉而愈弛④。心摇悦而日幸兮，然怊怅而无冀⑤。中憯恻之凄怆兮⑥，长太息而增欷。

年洋洋以日往兮，老嵺廓而无处⑦。事亹亹而觊进兮⑧，蹇淹留而踌躇。

①晼（wǎn）晚：日落之态。　②销铄：减毁，此处指月缺。　③遒：迫近。　④弛：松散。愈弛：谓体力日见衰退。　⑤怊（chào）怅：惆怅，失意貌。　⑥憯（cǎn）恻：悲伤。　⑦嵺廓：通“寥廓”，空虚貌。　⑧亹亹（wéi）：前进不息。

何泛滥之浮云兮，猋壅蔽此明月①！忠昭昭而愿见兮，然露曀而莫达②。愿皓日之显行兮，云蒙蒙而蔽之。窃不自聊而愿忠兮，或黕点而污之③。

①猋（biāo）：迅速。　②露（yīn）：云覆日也。曀（yì）：阴风也。　③黕（dǎn）：垢泽也。

尧舜之抗行兮①，瞭冥冥而薄天。何险巇之嫉妒兮②，被以不慈之伪名？彼日月之照明兮，尚黯黮而有瑕③。何况一国之事兮，亦多端而胶加④。被荷裯之晏晏兮⑤，然潢洋而不可带[6]。既骄美而伐武兮，负左右之耿介。憎愠惀之修美兮[7]，好夫人之慷慨。众踥蹀而日进兮，美超远而逾迈。农夫辍耕而容与兮，恐田野之芜秽。事绵绵而多私兮，窃悼后之危败。世雷同而炫曜兮，何毁誉之昧昧？

①抗行：高尚之行为。 ②险巇（xī）：险阻，此指阴险之人。 ③黮（dǎn）：昏暗貌。 ④胶（jiāo）加：纠缠不清。 ⑤裯（dāo）：短衣。晏晏：轻柔鲜艳。 ⑥潢（huáng）洋：空荡荡，比喻衣服不贴身。 ⑦惀（lún）：思求知晓某事。

今修饰而窥镜兮，后尚可以窜藏。愿寄言夫流星兮，羌倏忽而难当。卒壅蔽此浮云兮，下暗漠而无光。

尧舜皆有所举任兮，故高枕而自适。谅无怨于天下兮，心焉取此怵惕。乘骐骥之浏浏兮[1]，驭安用夫强策。谅城郭之不足恃兮，虽重介之何益。

①浏浏：状骐骥疾驱之貌。

邅翼翼而无终兮[1]，忳惽惽而愁约[2]。生天地之若过兮[3]，功不成而无效。愿沉滞而不见兮，尚欲布名乎天下。然潢洋而不遇兮，直怐愗而自苦[4]。莽洋洋而无极兮，忽翱翔之焉薄？国有骥而不知乘兮，焉皇皇而更索？宁戚讴于车下兮，桓公闻而知之。无伯乐之善相兮，今谁使乎誉之？罔流涕以聊虑兮，惟著意而得之。纷忳忳之愿忠兮，妒被离而鄣之。

①邅：行不进。翼翼：恭慎之貌。 ②愁约：忧愁悲约也。 ③言人生天地间，忽然而过，不久留也。 ④怐愗（mào）：愚也。怐：犹“拘”。

愿赐不肖之躯而别离兮，放游志乎云中。乘精气之抟抟兮，骛诸神之湛湛。骖白霓之习习兮，历群灵之丰丰。左朱雀之茇茇兮[①]，右苍龙之躍躍[②]。属雷师之阗阗兮[③]，通飞廉之衙衙[④]。前轾辌之锵锵兮[⑤]，后辎乘之从从。载云旗之委蛇兮，扈屯骑之容容。计专专之不可化兮，愿遂推而为臧[⑥]。赖皇天之厚德兮，还及君之无恙。

①茇：通“跋”。茇茇：飞翔轻捷之貌。 ②躍躍（qū）：谓踊跃而行之貌。 ③阗阗（tián）：雷声。 ④飞廉：传说中风神之名。衙衙：行貌。一说，应作“衎衎”，形似而误。衎衎：广布貌。 ⑤轾辌（zhì liáng）：轾：车顶前倾的样子。辌：古代的卧车。锵锵：车铃声。 ⑥言自度吾固专于为君，不能复之他，故愿推今之心，而务为善。

招 魂

《招魂》，王逸谓是宋玉作，太史公赞：“我读《招魂》，悲其志。”则以为屈原作。今按当以屈原作为是。

朕幼清以廉洁兮，身服义而未沬。主此盛德兮，牵于俗而芜秽。上无所考此盛德兮，长离殃而愁苦。

帝告巫阳曰：“有人在下，我欲辅之。魂魄离散，汝筮予之。”巫阳对曰：“掌梦①，上帝其难从！若必筮予之，恐后之谢，不能复用。”巫阳焉乃下招曰②：

①掌梦：巫阳自述其职掌。 ②依王念孙说，“不复能用”为句，言不复用卜筮也。焉乃：语词，因也。

“魂兮归来！去君之恒干，何为四方些①？舍君之乐处，而离彼不祥些②。魂兮归来，东方不可以托些！长人千仞③，惟魂是索些；十日代出，流金铄石些；彼皆习之，魂往必释些④。归来归来！不可以托些！”

①些（suō）：句尾语助词，楚方言。 ②离：同“罹”。③言东方有长人之国，其高千仞。《山海经》云：“东海之外，

大荒之中，有大人之国。” ④释：解也。

“魂兮归来，南方不可以止些！雕题黑齿[①]，得人肉以祀，以其骨为醢些。蝮蛇蓁蓁，封狐千里些。雄虺九首，往来倏忽[②]，吞人以益其心些。归来归来！不可以久淫些！[③]”

①雕题：画额也。 ②倏忽：疾急貌。 ③淫：游也。

“魂兮归来，西方之害，流沙千里些！旋入雷渊[①]，靡散而不可止些。幸而得脱，其外旷宇些[②]。赤蚁若象，玄蜂若壶些。五谷不生，藂菅是食些[③]。其土烂人，求水无所得些。彷徉无所倚[④]，广大无所极些。归来归来！往恐自遗贼些！”

①渊：室也。 ②旷宇：谓旷远之野也。 ③藂：从生也。菅：茅属。 ④彷徉（páng yáng）：彷，一作“仿”；徉，一作“佯”。徘徊不定。

“魂兮归来，北方不可以止些！增冰峨峨，飞雪千里些。归来归来！不可以久些！

“魂兮归来，君无上天些！虎豹九关[①]，啄害下人些。一夫九首，拔木九千些。豺狼从目[②]，往来侁侁些[③]；悬人以娭[④]，投之深渊些。致命于帝，然后得瞑些。归来归来！往恐危身些！”

①言天门凡有九重，皆以虎豹守之也。 ②从：同

“纵”。　③侁侁（shēng）：往来声也。　④娭（xī）：同“嬉”。

“魂兮归来，君无下此幽都些！土伯九约，其角觺觺些[①]。敦脄血拇，逐人駓駓些[②]。参目虎首，其身若牛些。此皆甘人。归来归来！恐自遗灾些！”

①言地下有土伯，执卫门户，其身九屈，有角觺觺也。觺觺（yí）：形容兽角锐利。　②敦：厚也。脄（méi）：背也。駓駓（pī）：走貌。

“魂兮归来，入修门些[①]！工祝招君，背行先些[②]。秦篝齐缕[③]，郑绵络些。招具该备，永啸呼些！魂兮归来，反故居些。”

①修门：郢城门也。　②背：倍也。言为先导。
③篝：竹器，笼属，所以盛丝也。秦曰篝，齐曰缕，互文也。

“天地四方，多贼奸些！像设君室，静闲安些。高堂邃宇，槛层轩些。层台累榭，临高山些。网户朱缀，刻方连些[①]。冬有突厦[②]，夏室寒些。川谷径复，流潺湲些。光风转蕙，泛崇兰些[③]。经堂入奥，朱尘筵些[④]。砥室翠翘，挂曲琼些[⑤]。翡翠珠被，烂齐光些。蒻阿拂壁[⑥]，罗帱张些。纂组绮缟，结琦璜些[⑦]。室中之观，多珍怪些。兰膏明烛，华容备些[⑧]。二八侍宿，射递代些[9]。九侯淑女，多迅众些。盛鬋不同制[10]，实满宫些。容态好比，顺弥代些[11]。弱颜固植[12]，謇其有意些。姱容修态，絙洞房些[13]。蛾眉曼睩[14]，目腾光些。靡颜腻理[15]，遗视矊些[16]。离榭修幕，侍君之闲些。翡帷翠帐，饰高堂些。红壁沙版，玄玉梁些。仰观刻桷，画龙蛇些。坐堂伏槛，临曲池些。芙蓉始发，杂芰荷些。紫茎屏风，文缘波些[17]。文异豹饰[18]，侍陂陁些。轩辌既低，步骑罗些[19]。兰薄户树[20]，琼木篱些。魂兮归来，何远为些？”

---

①言户扉皆刻镂网文，填以朱沙，相属不绝，故曰朱缀也。刻方连者，谓刻网文为方形者相连也。 ②窔（yào）厦：谓深邃之大屋。 ③崇兰：即丛兰。 ④朱尘筵：尘，遮隔尘土的幕布。筵，竹席。谓尘与筵皆饰以朱也。 ⑤言室中饰以翠鸟之尾毛，且挂玉钩以为饰也。 ⑥蒻：同“弱”。阿：细缯也。 ⑦绮：绮纹也。缟：白缯也。琦：玉之美者也。言以纂组及缯之有绮纹及白而鲜色者，结琦璜，以为罗帱饰也。 ⑧华容：谓美人也。 ⑨射：厌也。言厌则更换之也。 ⑩鬋（jiǎn）：鬓发。 ⑪比：亲也。弥：竟也。言自始来至代去，柔顺如一也。 ⑫言貌柔弱而志坚定也。 ⑬絙（gèng）：满也。 ⑭睩（lù）：视也。 ⑮靡：好也。 ⑯遗视：窃视也。矊（mián）：脉也，从容有意貌。 ⑰屏风：水葵也。风起水动，波缘叶上成纹，故云纹（文）缘波。 ⑱言侍从之人，皆衣虎豹之纹，异采之饰也。 ⑲言轩辌既已屯止，步骑士众，罗列于前。 ⑳薄：附也。

“室家遂宗[①]，食多方些。稻粢穱麦[②]，挐黄粱些[③]。大苦醎酸，辛甘行些。肥牛之腱[④]，臑若芳些[⑤]。和酸若苦，陈吴羹些。胹鳖炮羔[⑥]，有柘浆些[⑦]。鹄酸臇凫[⑧]，煎鸿鸧些[⑨]。露鸡臛蠵[⑩]，厉而不爽些。粔籹蜜饵[⑪]，有䬪餭些[⑫]。瑶浆蜜勺，实羽觞些。挫糟冻饮，酎清凉些[⑬]。华酌既陈，有琼浆些。归来反故室，敬而无妨些。肴羞未通，女乐罗些。陈钟按鼓，造新歌些。《涉江》《采菱》，发《扬荷》些[⑭]。美人既醉，朱颜酡些[⑮]。娭光眇视[⑯]，目曾波些[⑰]。被文服纤，丽而不奇些。长发曼鬋，艳陆离些。二八齐容，起郑舞些。衽若交竿[⑱]，抚案下些。竽瑟狂会，搷鸣鼓些。宫庭震惊，发《激楚》些。吴歈蔡讴，奏《大吕》些。士女杂坐，乱而不分些。放陈组缨，班其相纷些。郑卫妖玩，来杂陈些；《激楚》之结[⑲]，独秀先些。菎蔽象棋[⑳]，有六博些。分曹并进，遒相迫些。成枭而牟[㉑]，呼五白些。晋制犀比[㉒]，费白日些。铿钟摇簴，揳梓瑟些[㉓]。娱酒不废，沉日夜些。兰膏明烛，华镫错些。结撰至思，兰芳假些[㉔]。人有所极，同心赋些。酎饮尽欢，乐先故些[㉕]。魂兮归来，反故居些！”

---

①遂宗：“邃崇”之假借。　②穱（zhuō）麦：燕麦也。　③挐（rú）：杂也。　④腱（jiàn）：筋肉。　⑤臑（ér）：熟烂也。若：犹而。　⑥胹（ér）：煮也。　⑦柘浆：糖汁。　⑧臇（juàn）：小臛（huò）也。煮肉少汁谓之小臛。

鹄酸臇凫：言煮鹄肉令微酸，煮凫肉使少汁也。《史记·张仪传》："饭菽藿羹"，句法与此正同。 ⑨鸧（cāng）：鸧鹤。 ⑩露鸡：王逸注云是露栖之鸡。一说杀鸡独刳其肠，全而煮之，形体呈露，故曰露鸡。蠵（xī）：大龟之属。 ⑪粔籹（jùnǚ）：环饼也。以蜜和米面煎熬作之。 ⑫怅惶（zhāng huáng）：饧（xíng）也，干饴糖。 ⑬言盛夏则为覆蹙干酿，去其糟，但取清醇，置之冰上，然后饮之。酎：与"酹"同。 ⑭《涉江》《采菱》《扬荷》，皆楚歌名。扬荷，当作"阳阿"。 ⑮酡（túo）：饮而赭色着面也。 ⑯娭光眇视：所谓微睇也。 ⑰曾：层也。 ⑱言衣衽交叉处，左右正相倚，无有相差。 ⑲谓歌舞《激楚》之曲者之饰也。 ⑳菎（kūn）：篃簬，竹也。蔽：著也。菎蔽：饰王之赌具。 ㉑牟：倍胜为"牟"。 ㉒晋制犀比：谓晋国制造之博具，以犀角为饰也。 ㉓揳：引而进也。 ㉔句谓结撰其深至之情思为词以相乐，如兰芳之甚大也。 ㉕先故：旧事也。

"乱曰：献岁发春兮，汩吾南征，菉蘋齐叶兮白芷生。路贯庐江兮左长薄，倚沼畦瀛兮遥望博[①]。青骊结驷兮齐千乘，悬火延起兮玄颜烝[②]。步及骤处兮诱骋先[③]，抑骛若通兮引车右还[④]。与王趋梦兮课后先[⑤]，君王亲发兮惮青兕。朱明承夜兮时不可以淹[⑥]。皋兰被径兮斯路渐[⑦]，湛湛江水兮上有枫。目极千里兮伤春心。魂兮归来哀江南！"

---

①瀛：楚人名池泽曰"瀛"。 ②悬火：悬灯也。

③言猎时有步行者，有乘马走骤者，有处止者，分以围兽。诱骋先：谓为前导。　④言抑止驰骛者，顺通共获，引车右转，以遮兽也。若：顺也。　⑤梦：谓云梦泽。言齐趋梦泽，课其后先。　⑥谓日出继夜。　⑦皋兰：言兰草之生于高处者，被覆路径，是知非下湿之地，然今则路已渐渍，是方春水涨也。

大　招

《大招》，旧题景差撰。然绝无左证，未必可信。当是古代巫词而经后人改定者。说详《绪言》。

青春受谢[①]，白日昭只。春气奋发，万物遽只[②]。冥凌浃行[③]，魂无逃只。魂魄归来，无远遥只，魂乎归来，无东无西无南无北只！

①言玄冬谢去，春天来归。　②遽：竞也。只：句末语气词。　③言春气既发，幽暗冰冻之地，无不周洽而流行。

东有大海，溺水浟浟只[①]。螭龙并流，上下悠悠只。雾雨淫淫，白皓胶只[②]。魂乎无东！汤谷寂只。

①浟浟（yōu）：流貌，又迅疾貌。　②皓胶：冰冻貌。

魂乎无南！南有炎火千里，蝮蛇蜒只。山林险隘，虎豹蜿只。鰅鳙短狐[①]，王虺骞只[②]。魂乎无南！蜮伤躬只。

①鰅鳙（yú yōng）：鱼名。短狐：传说水中害人的怪物。②王虺（huǐ）：大蛇也。骞：举头貌。

魂乎无西！西方流沙，漭洋洋只。豕首纵目，被发鬤只[①]。长爪踞牙，诶笑狂只[②]。魂乎无西！多害伤只。

①鬤（xiàng）：头发乱貌。　②言西方有神，其状猪头纵目，乱发长爪，其牙如锯，能伤害人也。

魂乎无北！北有寒山，逴龙赩只[①]。代水不可涉，深不可测只。天白颢颢，寒凝凝只。魂乎无往！盈北极只。

①逴（chuò）龙：旧注以为山名；一说谓是《山海经》之神烛龙。赩（xì）：赤色也。

魂魄归来，闲以静只。自恣荆楚，安以定只。逞志究欲，心意安只。穷身永乐，年寿延只。魂乎归来，乐不可言只。

五谷六仞[①]，设菰粱只[②]。鼎臑盈望，和致芳只。内鸧鸽鹄，味豺羹只[③]。魂乎归来，恣所尝只！鲜蠵甘鸡，和楚酪只。醢豚苦狗，脍苴蒪只[④]。吴酸蒿蒌[⑤]，不沾薄只。魂兮归来，恣所择只！炙鸹烝凫[⑥]，煔鹑陈只[⑦]。煎鲼臛雀[⑧]，遽爽存只[⑨]。魂乎归来，丽以先只！四酎并孰[⑩]，不涩嗌只。清馨冻饮[⑪]，不歠役只[⑫]。吴醴白糵，和楚沥只[⑬]。魂乎归来，不遽惕只！

①言积谷之多也。　②设：施也。菰粱：雕菰也。③内：同“纳”。谓豺羹中复纳入鸧鸽鹄之肉也。　④脍（kuài）：

细切。苴蓴（jū pō）：蘘荷，姜科，多年生草本植物。 ⑤酸，作动词用。 ⑥鸹（guā）：麋鸹，乌鸦。 ⑦炶（qián）：通“燗”，于汤中煮肉也。 ⑧鲼（jī）：鲫鱼也。 ⑨爽：疑是“羞”之讹。鲫雀皆至小，烹之易熟，急遽之间，得以为羞，故曰“遽羞存”，犹言在也。 ⑩酎（zhòu）：二重酿酒。孰，同“熟”。 ⑪冻饮：谓冷饮。 ⑫王逸谓不以饮贱役之人。 ⑬沥：清酒也。

代秦郑卫，鸣竽张只。伏戏《驾辩》，楚《劳商》只。讴和《扬阿》，赵箫倡只。魂乎归来，定空桑只[①]！二八接舞，投诗赋只。叩钟调磬，娱人乱只。四上竞气[②]，极声变只。魂乎归来，听歌譔只[③]！

---

①空桑：瑟名。定：谓定其音节。 ②四上：王逸云是代秦郑卫四上国，一说四上者谓自“羽”渐上至于“宫”，故下曰“极声变”。 ③譔（zhuàn）：具备。

朱唇皓齿，嫭以姱只[①]。比德好闲[②]，习以都只[③]。丰肉微骨，调以娱只。魂乎归来，安以舒只！嫮目宜笑[④]，娥眉曼只。容则秀雅，稚朱颜只。魂乎归来，静以安只！姱修滂浩，丽以佳只。曾颊倚耳，曲眉规只。滂心绰态，姣丽施只。小腰秀颈，若鲜卑只[⑤]。魂乎归来，思怨移只[⑥]！易中和心[⑦]，以动作只。粉白黛黑，施芳泽只。长袂拂面，善留客只。魂乎归来，以娱昔只！青色直眉，美目婳只[⑧]。靥辅奇牙，宜笑嗎只。丰肉微骨，体便娟只。魂乎归来，恣所便只！

---

①嫭（hù）、姱：皆好貌。　②好闲：谓美好而闲暇。　③习：谓习于礼节。都：谓不鄙陋。　④嫮：同“嫭”，美貌。　⑤鲜卑：言腰支细小，若以鲜卑之带，约而束之也。　⑥言可以忘去怨思也。　⑦敏慧之意。　⑧媔（mián）：美白貌。

夏屋广大，沙堂秀只[①]。南房小坛[②]，观绝霤只。曲屋步壛[③]，宜扰畜只[④]。腾驾步游，猎春囿只。琼毂错衡，英华假只[⑤]。茝兰桂树，郁弥路只。魂乎归来，恣志虑只[⑥]！

---

①沙：丹沙也。言以丹沙绘画。　②坛：堂也。　③步壛（yán）：长廊也。　④谓宜于驯养的禽兽。　⑤言所乘之车，以琼为毂，以金错衡，英华照耀，大有光明也。　⑥虑，一作“处”。

孔雀盈园，畜鸾皇只。鹍鸿群晨[①]，杂鹙鸧只。鸿鹄代游，曼鹔鷞只[②]。魂乎归来，凤皇翔只！

---

①晨：旦鸣也。　②鹙鸧（qiū càng）：一种水鸟。鹔鷞（sù shuāng）：俊鸟也。曼：曼衍也。

曼泽怡面，血气盛只。永宜厥身，保寿命只。室家盈廷[①]，爵禄盛只。魂乎归来，居室定只！

①室家：谓宗族。盈廷：谓满朝廷也。

接径千里[①]，出若云只[②]。三圭重侯[③]，听类神只[④]。察笃夭隐[⑤]，孤寡存只[⑥]。魂乎归来，正始昆只[⑦]！田邑千畛[⑧]，人阜昌只。美冒众流，德泽章只。先威后文，善美明只。魂乎归来，赏罚当只！名声若日，照四海只。德誉配天，万民理只。北至幽陵，南交阯只。西薄羊肠，东穷海只。魂乎归来，尚贤士只！发政献行[⑨]，禁苛暴只。举杰压陛[⑩]，诛讥罢只。直赢在位[⑪]，近禹麾只[⑫]。豪杰执政，流泽施只。魂乎来归，国家为只！雄雄赫赫，天德明只。三公穆穆，登降堂只。诸侯毕极，立九卿只。昭质既设[⑬]，大侯张只[⑭]。执弓挟矢，揖辞让只。魂乎来归，尚三王只。

①接径：犹言通径。　②言人民众多，其出若云。　③三圭：谓公侯伯也。公执桓圭，侯执信圭，伯执躬圭，故言三圭。重侯：犹曰陪臣，谓子男也。　④言其听察精审，如神明也。⑤笃：厚也。夭：早死也。隐：幽蔽也。言察夭隐者而厚之。⑥孤寡者存之。　⑦正其始以及后人也。昆：后也。⑧畛：田上道也。　⑨献行：令百官上其行治。　⑩言进登俊杰，使在高位。　⑪谓理直而才有余者。　⑫言诚近夏禹所称举贤人之意也。　⑬昭质：谓射之准的也。《吕氏春秋》："万人操弓，共射一招。"高诱注："招，准的也。"⑭大侯：谓所射布也。